「道空けろや。
邪魔で仕方がねぇ」
この人まさか、
この前シーバーさんが話していた
〝腕っぷしのみ〟で
Sランクになった冒険者か？
神達に拾われた男 15

「どんどん焼きましょう」
肉そのものが美味く臭みもないので、
調味料は少しの塩と胡椒だけでいい。
これだけでいくらでも食べられそうだ。

「こいつは酒が進むな！」

『うぉおおおおお!?』
これは、速すぎる！
子供の体とはいえ人を一人乗せた状態で
ミミックスライムは、出発の合図を
送った途端に急加速した。

神達に拾われた男

15

The man picked up by the gods

Roy

CONTENTS 15

The man picked up by the gods

illustrator：りりんら

9章10話 樹海の流儀（前編）

大樹海に踏《ふ》み込《こ》んでから数時間。道中は順調そのもので、もう遠目に冒険者《ぼうけんしゃ》の拠点《きょてん》と思われる場所が見えてきている。拠点の周囲は鬱蒼《うっそう》と茂《しげ》る草が切り払《はら》われ、巨木《きょぼく》も伐採《ばっさい》されているようで、そこだけ明らかに見通しがいいのでよく目立つ。

そして、魔法《まほう》によるものだろうか？　コンクリートで塗《ぬ》り固《かた》められたような重厚《じゅうこう》な壁《かべ》に囲まれているため中の様子は分からないけど、拠点はなかなか大きくて立派。対照的に入り口と思われる門は壁からするとかなり小さく感じる。少し大きめの店舗《てんぽ》にあるような、両開きの扉《とびら》と同じくらいだろう。

そんな拠点の周辺には、環境《かんきょう》整備をしている様子の冒険者がちらほらと見える。

「そろそろ準備するか……」

呪《のろ》いの影響《えいきょう》は大したことないとはいえ、今は俺《おれ》1人。余計な問題を避《さ》けるべく、人と接する前に対策をしておく。やることも気配を消すための〝ハイド〟を解除して、代わりに〝ホーリースペース〟を体の周りに展開するだけなので、惜《お》しむほどの手間でもない。

ちなみに通常、呪いを解くなら光魔法の〝ディスペル〟だが、俺の呪いは人の手では解呪不可能。他者に与《あた》える影響も俺を起点として周囲に働きかける形になるので、対策としては解呪よりも影響を遮断《しゃだん》、または軽減する方が効果的だそうだ。

「っ⁉　なんだ子供か……子供？」

「おい、見ろよ」

「なんで子供がこんなところに……」

「1人で歩いてきたのか？　ここを？」

「ドワーフかエルフで、背が低いか若く見えるだけじゃないのか？」

「だとしても1人でこんなところに」

「新手の魔獣《まじゅう》じゃないだろうな……」

ハイドを解いて近づいたので、気づかれるのは当然だろうけど……呪い対策はちゃんと効いているのだろうか？　かなり警戒《けいかい》されているようだ。遠巻きにこちらを見てざわついているだけで、敵意を向けられているわけでもなさそうだけど、居心地《いごこち》はよくない。

下手に刺激《しげき》しないよう、さっさと通り抜《ぬ》けて門にたどりつこう。

そう考えて歩みを速めたところで、背後からラプターの群れがやってくる。

「ラプターだ！」

「また群れだ！　気をつけろ！」

「くそっ！　もう何度目だ⁉」

「どうなってんだこの樹海は！」

「無駄口叩《むだぐちたた》くな！　迎《むか》え討《う》つぞ！」

慌《あわ》てて準備を整えている冒険者……この人達《たち》、なんか不安。闇《やみ》魔法で片付けてしまおう。

迫《せま》ってくるラプター達の位置を把握《はあく》して、睨《にら》むように。

『ギジャアッ⁉』

よし、成功。ここまでの道中で慣れたのか、無詠唱でも問題なく発動できるようになった。ラプター達はほとんどが一斉《いっせい》に反転。勢い余った数匹《すうひき》が転倒《てんとう》していたが、それも反転した仲間を追うように逃《に》げている。

「……逃げた」

「あの子供がやったのか」

「状況的《じょうきょうてき》にそれしかないだろう。魔獣がいなくなったんだ、仕事に戻《もど》るぞ」

他よりもだいぶ落ち着いているリーダーらしき人がこちらを一瞥《いちべつ》して、他の冒険者を仕事に戻す。

挨拶《あいさつ》をした方がいいかとも思ったが、向こうも我関せずといった感じだし、あまり関わりたいわけでもない。仕事をしている方々の横を邪魔《じゃま》にならないよう通り抜けて、拠点の扉へ向かう。そしてあと数歩というところで、俺を迎え入れるように扉が開いた。

「新顔だな。早く入れ」

内開きの扉の中から現れた無骨な兵士が、片方の扉を半分ほど開けている。魔獣を警戒しているのだろう、開け方は人1人が通り抜けられる最低限度という感じだ。俺が素早《すばや》く門の中に入ると、あちらも素早く門を閉める。

同時に、無数の視線が俺を貫《つらぬ》くのを感じた。どうやら、外から窺《うかが》い知れなかった門の内側は広い部屋になっていたようだ。

部屋には放熱樹を加工したのだろう、大きな一枚板で高そうに見えるテーブルが並べられ、その上には酒や料理が並んでいる。テーブルについている冒険者らしき、装備を身につけた多くの人々は俺を値踏《ねぶ》みするように静まり返っているが……今のいままで酒や料理を楽しんでいたのだろう。街の門、防衛施設《しせつ》というより、酒場のような印象を覚える。

「一度あの角の席に行ってくれ。初回は身分証の提示と手続きをしてもらうことになっている。面倒《めんどう》だろうが規則なんでな」

「わかりました」

郷《ごう》に入《い》っては郷に従え。扉を開けてくれた兵士さんに従って、言われた席へと向かう。

そこには扉を開けてくれた彼《かれ》と同じ鎧《よろい》を着た男性が座《すわ》っていて、俺に気づくなり手招きをしているが……反対側の手には木製のジョッキを持っている。赤らんだ顔も合わせて、おそらく中身は酒類だろう。

「そっちに座ってくれ」

「失礼します」

「それじゃ手続きを、と言ってもいくつか質問するだけだし、楽にしてくれよ。しばらく話していれば、そのまま通過でいいから。ついでにこいつの中身も気にしないでくれ。俺は非番だしな」

俺がジョッキを見ていたからだろう、男性は薄笑《うすわら》いを浮《う》かべながら弁明を口にする。というか、非番なのに仕事をしているのか？

「お休みのところすみません」

「謝《あやま》られるほどのこっちゃないさ。ここは街の入り口で、酒場で、何かがあった時のために戦える奴《やつ》が集まる待機所でもある。衛兵も冒険者も、仕事も休みも関係なく入り浸《びた》ってるのが普通《ふつう》なんだよ。だからこういう……言っちゃ悪いが形だけの手続きは居合わせた非番の奴が適当に処理することになっているんだ。新顔が来ることがそもそも少ないしな。

あ、なんなら何か食うか？　奢《おご》りはしないが、ここは金さえ出せば肉でも酒でも、大抵《たいてい》のものは飲み食いできるぞ。他にも武器や防具の修理や購入《こうにゅう》、大抵のものなら調達できる」

ここの勤務形態や衛兵さんの態度はそういうものだとして、周りを見る限り彼の言葉は本当のようだ。危険な樹海の中なのに、食料に困った様子はない。むしろ、街の一般的《いっぱんてき》な水準の料理店や居酒屋と比べたら、こちらの方が少し良い物を食べているかもしれない。

「意外か？」

「そうですね。食料に限らず物資の調達は難しいと思っていました」

「奥《おく》に行けば行くほど想像通りになるが、ここは交易拠点でもあるんだ。外に一番近いから、冒険者が集めた樹海の素材を目当てに、商業ギルドやドラグーンギルドが定期的に人を送ってくる。その時一緒《いっしょ》に仕入れをしているから、ここでは飲み食いに困ることはないのさ。もちろん輸送の分だけ割高にはなるが……坊主《ぼうず》なら気にする必要ないだろ」

俺に目を向けてにやりと笑い、ジョッキを呷《あお》る彼。その飲みっぷりも含《ふく》めて衛兵らしさをあまり感じないが、

「差し支《つか》えなければ、どこでそう判断したかを聞いても？」

「雰囲気《ふんいき》とか態度とか色々含めてだが、一番は服の汚《よご》れが少なすぎることだな」

外から一番近いとはいえ、ここに来るまでそれなりに歩く。この樹海の中で雨に降られながら、何度も魔獣に襲《おそ》われながら。だからここに来る冒険者は、準備をしていてもそれ

なりに汚れているのが普通なのだそうだ。

「ほんの少しの泥《どろ》と返り血、それ以外は濡《ぬ》れてすらいない。ってことは魔獣に襲われて撃《げき》退《たい》するだけの力はあるが、そもそも交戦を避けてここまで来たんじゃないか？　走って逃げることも、藪《やぶ》に入って隠《かく》れるようなやり方もせず、淡々《たんたん》と道を歩いてきた感じだと思うが、どうだ？」

「おっしゃる通りです」

「ここに長くいれば、このくらいは当然ってもんよ」

そう言って横を見た彼の視線を追うと、酒場で飲んでいた冒険者達の内、数人が笑いながら軽くジョッキを掲《かか》げてきた。なんだか歓迎《かんげい》されているみたいだし、こちらも会釈《えしゃく》を返す。

「樹海の探索《たんさく》は泥と血にまみれて当たり前。下調べや準備を入念にしたとしても、何かしらの問題が発生することはままあるし、ここに長くいる奴ほどそれが身に染《し》みている。だから、そんな綺麗《きれい》な恰好《かっこう》のまま樹海を抜けてくる奴は目を引くし、有望だと判断できるのさ。そして、そういう奴は歓迎される。

反対に……今来たなら、外にいた連中を見ただろ？　あいつらも坊主と同じ新顔だが、ありゃダメだな。ここまでたどり着けた時点で腕《うで》が悪いわけじゃないが、樹海に対応できてない」

聞けば、彼らはやっとのことでこの拠点にたどり着いたが、自力では帰れなくなり、物資を運んでくる人に頼《たの》んで連れ帰ってもらおうとしているそうだ。

ただし、頼まれる方も物資運搬《うんぱん》の仕事で来ている。持って帰れば金になる物が大量にあるのに、限りある収納スペースを無償《むしょう》で解放はできない。だから報酬《ほうしゅう》と補填《ほてん》分のお金を稼《かせ》ぐために、樹海のベテランの監督《かんとく》の下で外の草刈《くさか》りと伐採をしているのだとか。

「新顔だとそういう奴らも珍《めずら》しくないし、ここの維持《いじ》には必要なことだが、はっきり言って実入りは悪いな。外の一般市民なら4人家族が1週間暮らせるくらいの額を日当として受け取れるが、ここだと生活費もかかるし小銭稼《こぜにかせ》ぎにしかならない。

実力があって外を自由に動けるなら、個人的には植物採取がおススメだ。この近くだけでも貴重な薬草が多く生えているし、俺達には珍しくもないそこらの植物でも、植物学者にとっては貴重だとかで高値がつく場合もある。

あとはそうだな……あまり金にはならないが、土産《みやげ》にするなら放熱樹の種が手軽だぞ。そこらを歩いてればそれなりの頻度《ひんど》で種か実が落ちているし、魔獣を狩《か》って捌《さば》けば腹の中からでてくるからな」

お酒のせいか饒舌《じょうぜつ》で、聞いていないことまで教えてくれるが……放熱樹の種って、本当にいいのだろうか？

「ん？　どうした？」

「放熱樹は周囲を浸食《しんしょく》するとも聞いていたので、本当にいいのかと」

種が持ち出し禁止でないことは聞いていた、というか、逆に禁止するような注意点が調べた限り出てこなかった。下調べはそれなりのお金を払って冒険者ギルドに資料を用意してもらったので、間違《まちが》いはないはず。

だから問題はないと思っていたけど、前世では外来生物法だったかな？　詳《くわ》しくはないが、侵略的《しんりゃくてき》な性質を持つ特定の植物を勝手に採取して移動させると罰則《ばっそく》があったことも知ってはいるので、改めて薦《すす》められると少し気になってしまう。

「ああ、少し勘違《かんちが》いしているな。放熱樹が侵食《しんしょく》するのは、この樹海とその周辺に限った話だ。あの樹は〝ある程度温かくて魔力《まりょく》の豊富な土地でしか育たない〟らしくて、樹海から離《はな》れた場所ではまず発芽できない。

もし仮に発芽したとしても大きくは成長できないし、トレントのように近づいたら攻撃《こうげき》してくることもない。そんなの、ただの木だろ？　木質は硬《かた》めだが、やろうと思えば簡単に伐採できる。他所《よそ》の土地なら邪魔をしてくる魔獣も、ラプターみたいな頻度で襲ってくる事は滅多《めった》にないだろうからな」

確かに普通の植物でも、発芽や生育に適した温度や条件はある。放熱樹の性質と樹が生み出す環境、生息する魔獣が全部合わさるととんでもなく厄介《やっかい》になるが、樹海の外で、樹だけならどうとでもなると判断されているのかな？

「国や各ギルドのお偉《えら》いさんはそう判断している。実際にここ10年くらいは、定期的に苗木《なえぎ》を刈り取るだけで侵食も食い止められてるしな。無理に樹海を開拓《かいたく》しようとせず、現状維持に専念すれば問題ないのさ。

規制どころか、貴族から依頼《いらい》された商人が種をかき集めて持っていくこともたまにあるくらいだぞ」

植物愛好家だったり、単に他人が持っていない珍しいものが欲《ほ》しいだけだったり、そういう気質の貴族の中には大金をかけて育てようとする人が時々いるそうだ。放熱樹は樹海の固有種のようだし、そういうこともあるのだろう。

尤《もっと》も、そういう貴族の末路は採算が合わずに途中《とちゅう》で辞《や》めてしまうか、逆に損切りができず追加資金を投入して損失をさらに大きくするかの2択《たく》らしいが……一番資金を圧迫《あっぱく》するのは成長を促《うなが》すための魔法薬だというので、俺なら外でも育てられそうな気がする。

ちょうどゴミ処理場を始めた影響で、スカベンジャーの肥料が生産過多になっている。自分達用の食糧《しょくりょう》生産に使ったり、スライムに与えて処理したりして消費しているけど、とても追いついていない。

残りは廃鉱山《はいこう》の坑道《こうどう》を使って保管しているので、まだ困るほどの状況ではないけれど……法的に問題ないのなら、肥料の処分も兼《か》ねて放熱樹を育ててみてもいいかもしれない。もちろん繁殖《はんしょく》には気をつけた上で。

「まっ、そんなわけだから、小難しいことは気にせず、稼げる奴は稼げるだけ稼げってことだな。

さて、そろそろ手続きをしとくか。ギルドカードを出してくれ。あと一応、ここにきた目的も教えてくれ」

思い出したようにジョッキを置き、テーブルに投げ置かれていた小さなメモ帳を手に取る男性。書かれた内容は何かに役立てられるのか、管理されるかも怪《あや》しいが、困ることでもないので素直《すなお》に答えておく。

「ギルドカードはこちらに、目的はコルミ村まで行くことです」

「あいよ、リョウマ・タケバヤシ。目的はコルミ村。……どこだ？　樹海に呑《の》まれた村だとは思うが、聞いたことないぞ」

「具体的な位置は――」

「コルミ村と言ったか？　随分《ずいぶん》と懐《なつ》かしい名前だ」

説明しようとしたところ、背後から突然《とつぜん》声がかかる。後ろを見れば、両手にジョッキを3つずつ、合計6つも持った老爺《ろうや》が立っていた。

9章11話　樹海の流儀（後編）

「ステム爺《じい》さん、知っているのか？」

「ああ、前に聞いたのがいつか思い出せないくらい昔の話だが……ちょっと待ってくれ」

兵士さんにステム爺さんと呼ばれた老爺は、そう言って近くのテーブルに向かっていく。一瞬《いっしゅん》、服の分厚い魔獣の革《かわ》が鎧に見えたが、着ていたのはエプロン。冒険者達に抱《かか》えていたジョッキを渡《わた》している所を見ると、この酒場の給仕《きゅうじ》をしている方のようだ。

「あの人は若い頃《ころ》は冒険者として樹海で活動して、引退してからもああやって酒場を経営している。樹海のことであの人以上に詳しい人はいないぞ」

「ただ長くここにいるだけの話だよ」

ジョッキを置いてこちらにやってきたステムさんは、手近にあった背もたれのない小さな椅子《いす》を片手に掴《つか》み、もう片方の手でエプロンの前ポケットから煙管《キセル》を取り出した。そして俺と衛兵さんの間あたりに腰《こし》を下ろすと、煙管に火をつけながら口を開く。

「で、聞きたいのはコルミ村の話だったか」

「ああ、俺は聞いたこともないが」

「だろうな。俺も細かくは覚えていないが、コルミ村が樹海に呑まれたのは40年くらい前の話だったはずだ」

「40年、ってことはまさか〝最前線〟より先か!?」

思わずといった様子で張り上げられた声と、〝最前線〟という言葉に周囲の目が一気に集まった。察するに、樹海の一番奥にある拠点のことなのだろう。

コルミ村がその先にあるというのならば、俺は完全に人の生活圏《せいかつけん》がない、樹海の住人からしても危険な秘境に踏み入ろうとしているということになる。注目を集めるのも無理からぬことなのかもしれない。

「間違いない。俺はその先にあった村の生まれでな、一時期はコルミ村にも住んでいたことがあるから位置も知ってはいる」

「コルミ村に、住んでいたことがあるのですか？」

「あれは50年くらい前か……当時の国王が即位《そくい》直後に樹海の開拓を始めるとか言い出しやがって、軍人がゾロゾロと樹海を荒《あ》らしたせいであっという間に、当時樹海に一番近かった俺の故郷が樹海の猛威《もうい》に晒《さら》された。それで完全に呑まれる前に避難《ひなん》していたのさ。で、お前さんはあんなところに何の用だ？」

「墓参りと遺品整理に」

理由を聞かれたので、いつも通りの説明を行う。すると、再び衛兵の男性が目を丸くする。

「その村の出身って、お前ここには初めて来たと言ってなかったか？」

「それは、ここや他の樹海内の拠点を利用するのが初めてという意味で、樹海そのものは初めてではないのです」

「そんな意味とは思わんだろ。ってか、そもそも生活できるのか？」

「できないとは言い切れまい」

彼が疑問に思うのは当然。むしろ、俺より先にステムさんがそう言ったことに驚《おどろ》いた。

「まだ生き残りがいたのは驚きだが、昔はあそこが今のここのように、外との交易拠点だった。コルミ村は樹海に呑まれるまで10年近く時間があってな。最初は普通の農村だったが、周りを頑丈《がんじょう》な壁で囲ったり、深くて幅《はば》の広い堀《ほり》を掘《ほ》ったり、実際に呑まれる前から防衛の準備ができていたんだ。

領主の館ができて、領軍や国軍が常駐《じょうちゅう》するようになって……最終的に村は放棄《ほうき》されることになったが、村そのものを広げて樹海開拓と国土防衛のための要塞《ようさい》都市にする計画もあったらしいぞ」

「ってことは、人が住める余地は十分あるのか」

「少なくとも生活基盤《きばん》はあったし、放棄されるまでは施設の建築や強化が続けられていたはずだ。

それに樹海に呑まれてからの10数年、大体40年から30年前までは行き来する連中も珍しくはなかったよ。樹海の素材の取引に加えて、国からの〝支援金《しえんきん》〟という名目の賠償金《ばいしょうきん》、あとはなんだったか……産業を興《おこ》したとか」

「もしかして、胡椒《こしょう》ですか？　僕《ぼく》は関わりがありませんでしたが、コルミ村で栽培《さいばい》されていたので」

「おお、そうだそうだ。樹海に呑まれたことで気候が変わり、香辛料《こうしんりょう》の栽培ができるようになったんだ。それで、とにかく昔のコルミ村は景気がよかった。金が稼げれば人も集まるし、強固な防衛体制も敷《し》ける。ある程度の安全は金で買えたわけだ」

しかし、彼はその後〝30年前までは〟と続けた。

「ステム爺さん、その30年前に何があったんだよ」

「もったいぶるなよー」

そんな声が、近くの席に座る冒険者達から上がる。気づいてはいたが、ここにいる多くの冒険者は、俺達の話を酒の肴《さかな》にしているらしい。

「……国の樹海開拓計画が頓挫《とんざ》したのさ。死者と傷病者が出るのは当たり前。開拓は進むどころか、悪あがきのせいで樹海が広がっていく一方。俺ら冒険者個人の懐《ふところ》は暖かかったが、国としては損害の方が大きかったんだろう」

「あ〜、そうなると軍や貴族の兵はいなくなるよなぁ」

「そうだ。だが冒険者や商人、昔からの村人なんかは村に残る奴らがほとんどだった。むしろ軍人や貴族の締《し》め付けがなくなって気楽になるとか、上前を撥《は》ねられなくなって儲《もう》けが増えるだなんて言っている奴が多くてなぁ……とにかく危機感がない奴が多かった印象だな」

〝正常性バイアス〟というやつなのかもしれない。当時、国軍が引き上げた後の村では、兵士がいないなら、その分だけ冒険者を金で雇《やと》えばいい。兵を養うための補助金や村への見舞金《みまいきん》がなくても困らない。そんな風に〝これまで栄えていたのだから、これからも大丈夫《だいじょうぶ》に決まっている！〟と根拠《こんきょ》もないのに信じ切っていた人が多かったらしい。

しかし、結果は言うまでもない。ステム爺さんは紫煙《しえん》と一緒にため息を吐《つ》いているし、話を聞いていた周囲は誰《だれ》もが呆《あき》れた顔をしていた。

「もう分かっただろうが、あっという間にコルミ村は衰退《すいたい》した。村に残った奴らが新しい拠点で物資の取引をして帰る姿も見た覚えはあるが、どんどん頻度も人数も減って、もう

20年は見ていない。

最後の方は取引に必要な対価も用意できなくなって、ほとんどタカリみたいなことを言っていたからな。俺も他の奴らも連中には手を貸す気に……っと、すまん。自力でここに来られているお前さんを連中と同じには考えていないが、故郷の奴が悪く言われては気分が良くないだろう」

「お気になさらず。村は故郷でも村の人からは基本的に他所者扱《あつか》いだったので、彼らに対する愛着や擁護《ようご》の気持ちは全くありません。僕を拾って育ててくれた祖父母が亡《な》くなった後は、必要な時だけ村人扱いで搾取《さくしゅ》されるのが目に見えていたから、一《いち》か八《ばち》かで村を逃げ出したわけですし」

そもそも俺、村人じゃないしな……言わないけど。

しかし、本当に村の最後の方、特に祖父母に対する対応は今の話のような状態だったらしい。ガイン達から改めて詳しい話は聞いていたけど、そんな彼らを知っている人がいるとは……ん？　なんだろう？　ステムさんからの視線が強くなり、半開きになった口から煙《けむり》が漏《も》れている。

「爺さん、どうかしたのか？」

「大したことではないが……お前さん、祖父母と言ったな？　まさかあの2人組のことか？」

「えっ⁉　もしかして祖父母のこともご存じなのですか⁉」

驚いて、思わず聞き返してしまったが、彼は少し思案しながら答えてくれた。

「俺が覚えている2人組と同一人物かは分からん。だが、昔、確かにいたんだ。樹海の拠点に、たまに顔を出すドワーフと人族の老夫婦《ろうふうふ》が。名前を名乗ることは一度もなかった上に、何かの魔法で別れた直後から顔や声がハッキリと思い出せなくなっていたから、詳しい素性《すじよう》は知らんがな」

「おそらく間違いありません。確かに祖父はドワーフ、祖母は人族でした。訳アリなのも、そうです。僕にも、過去のことはあまり話しませんでしたし」

「そうか、まぁ、訳アリなんてこの辺じゃ珍しくもない。隠れているにしてはやたらと堂々としていたし、女の方は物腰《ものごし》も柔《やわ》らかくて悪人とは思えなかったから、俺も含めて素性を探《さぐ》るような真似《まね》をする奴らもいなかった。

それより変な手出しをして、怒《いか》りを買う方が恐《おそ》ろしかったな。あの2人はいつも樹海の奥からふらっと散歩でもするようにやって来て、とんでもない量の素材と物資を交換《こうかん》して、また奥に戻っていく。それだけの実力者として有名だったんだが……そうか、死んだのか」

ステムさんは昔を懐かしむように話していたが、最後の一言はとてもあっさりとしていて、次の瞬間《しゅんかん》にはおもむろに腰をあげる。

「お前さん、酒は飲めるか？」

「飲めます」

「そうか、少し待っていろ」

そう言うと、彼は酒場のカウンターに向かって歩いていく。

「話の流れからして、お酒を奢っていただけるのでしょうか？」

「だな。葬儀《そうぎ》の代わりだよ」

衛兵さんの話によると、ここでは人の死は珍しいことではない。昨日一緒に話した相手が、翌日いなくなることも当たり前。そして拠点の外で亡くなるということは、魔獣の餌《えさ》になるということに等しいので、遺体の回収も難しい。

だから樹海に長くいる人ほど慣れてしまい、人の死に対して淡泊《たんぱく》になる傾向《けいこう》があるとのこと。それこそ、先ほどのステムさんのように。

しかし、だからといって供養《くよう》や葬儀という概念《がいねん》が全くないということはなく、葬儀の代わりに故人を思って1杯《ぱい》だけ飲む。大体の場合、それから2杯3杯と飲んでいく事になるが、故人を想《おも》うのは1杯目のみ、しかもほぼ一気飲みで、2杯目からは次の狩りの計画など、未来の話をする。

冷たく感じるかもしれないが、ここでは仲間の死を引きずることが自分の死にも繋《つな》がりかねないため、自然とそのように割り切った考え方になってくるらしい。

そんな話をしていると、またジョッキを6つ持ったステムさんが戻ってきた。

「ほれ」

「おっ！　俺にもあるのか」

「金を払ってくれても構わんが」

「好意はありがたくいただくのが礼儀《れいぎ》ってもんだ」

ドカッと豪快《ごうかい》にテーブルに置かれたせいで、ジョッキの中身が激しく揺《ゆ》れる。しかし、こぼれることはなかった。中身はビールなのか、モッタリとした泡《あわ》が蓋《ふた》の役割をしているようだ。

「ほれ、お前さんも。乾杯《かんぱい》だ」

「いただきます」

常備薬として荷物に入れているメディスンスライムが反応しないので、毒や薬の類は盛られていないだろう。ありがたくジョッキを1つ受け取り、祖父母の冥福《めいふく》を祈《いの》りながら持ち上げて、2人が差し出すジョッキと合わせる。

そして分厚い木が奏《かな》でる心地《ここち》よい音を聞きながら、中身を喉《のど》に流《なが》し込むと、独特の香りが鼻を抜けた。甘《あま》めの香りの中に、ピリッとしたスパイスのような独特の香りが混ざっている。複雑でよくわからないけど、美味《おい》しい。

あとは見た目の泡が多いので、もっと炭酸を感じるかと思ったが、そんなことはなかった。ぬるいというほどではないが、すごく冷えてもいない微妙《びみょう》な温度も影響しているのか、角がなくてスルスルと喉を通っていく。ジョッキが空になるまでには10秒も掛《か》からなかった。

「いい飲みっぷりじゃないか」

「ありがとうございます。このお酒も飲みやすくて美味しかったですよ」

「放熱樹の樽《たる》で保管すると、この独特な風味が移ってなかなかいい味が出るんだ。もっと強いが、蒸留酒で数年寝《ね》かせたものもある。酒精は強いし値段も高くなるが……お前さんの爺さんは、そいつを水みたいにガバガバ飲んでいたよ」

ステムさんは昔の記憶《きおく》を掘り起こしながら、ジョッキに半分ほど残っていたお酒を飲み干す。そして2杯目に手を伸《の》ばす。

「余計な世話かもしれんが、引き際を間違えるなよ。情にもほだされるな。いざとなれば仲間でも見捨てろ。それができない奴は、ここではすぐに死んでいく。

たとえ死んでも、それはお前さんの勝手だが、気分がいいものじゃないからな。村にたどり着けないと判断したら戻ってこい。生きてさえいれば再挑戦もできる。ついでにここに素材と金を落として行け」

そう忠告してくれた彼は2杯目を飲み干すと、話は終わったとばかりに席を立ち、空のジョッキを全て回収して仕事に戻っていった。

「爺さんがわざわざあんなこと言うなんて、珍しいこともあるもんだな」

「そうなのですか？」

「ああ、最初に言ったがあの人は多分、ここに一番長くいるからな。死人が出て気分がいいってことはないのは本音だと思うが、慣れてもいる。気まぐれか、もしかしたらお前の爺さん婆《ばあ》さんに世話になったことがあるのかもな。無愛想だが義理堅《ぎりがた》い人だから。……まぁ、本人が話さないなら深入りしないこった。

さて、爺さんも戻ったことだし、俺の聞き取りも終わりでいいか」

衛兵さんはそう言うが、まだ2杯目の中身が残っていたので、それからもしばらくは自然と会話が続いた。そして最終的には、この拠点で1泊《ぱく》していくことになる。

予定では宿泊《しゅくはく》せずにそのまま次の街に向かおうと思っていたが、話の流れでお酒を飲んだ。2杯で酔《よ》うほど強いお酒でもなかったけれど、念のためにだ。幸いなことに、この拠点は聞いていたほど荒れてはいないようだし、呪いも予防策が効いている。

こうして俺の樹海初日は、危険地帯とは思えないほど安全かつ穏《おだ》やかに終わった。

■
■
■

そして、翌日。

昨日のうちに見て回ったことで、この拠点はドーナツ状のトンネルのような構造をしていること。またその内部が細かく区分けされていて、人の生活や樹海の探索に必要な各種店舗が入っていることがわかった。

内部には魔獣の侵入《しんにゅう》防止のために窓がほとんどなく、灯《あか》りは魔法道具、空気は換気口《かんきこう》で循環《じゅんかん》させているようで、雰囲気的には地下鉄の駅構内にある店舗《てんぽ》群《ぐん》のようで少し懐かしい。

他の拠点も同じ構造なのかはわからないが、用事が済んだら、というか定期的に来るのもいいかもしれない。

そんなことを考えながらたどり着いたのは、昨日入ってきた方とは反対側の出入り口。ここも酒場になっているようで、それなりの数の冒険者が飲み食いをしていた。

俺が入っていくと、すぐに注目が集まる。誰も話しかけてはこないが、やはり子供がいるのは珍しいようだ。あとは狭《せま》いコミュニティー故に噂《うわさ》の伝達も早いのだろう。俺が樹海の奥地《おくち》出身で、最前線の先を目指すという話が広まっているようだ。

ヒソヒソと話す声が耳に届くが、敵意や悪意というより俺を見極《みきわ》めようとしている感じ。

賭《か》け事《ごと》を始めているような声も聞こえたが、問題はなさそう。おそらくここの人達は、基本的にビジネスライクなのだろう。

成功すれば大金を手に入れられるが、常に自分と仲間の命を危険に晒す。だから情に流されず、実力の有無《うむ》を重視する。実力が認められればそれなりに受け入れてもらえるが、実力がなければ相手にもしない。環境的《かんきようてき》に、そういったシビアな価値観になりやすい、ならざるを得ないのだと思う。

そうと分かれば、たまに疑うような視線を向けられても、大して気にならない。そもそも実力を疑うような人は、こちらの失敗に巻き込まれて被害《ひがい》を受けないように、近づこうともしないので楽だ。

……公爵家《こうしやく》の人達と会う前にここに来ていたら、住み着いていたかもしれない。

そんな思いがふと頭に浮かぶくらいには、気楽さを覚える場所だと思う。

「おっ、行くのか」

「アシュトンさん、おはようございます」

こちらの出入り口の前には、昨日の衛兵さんが立っていた。今日は仕事でここの門番をやる日だそうだ。

「よし、今開けてやる」

重そうな閂《かんぬき》が外され、扉《とびら》が開いた。昨日と同じで必要最小限の隙間《すきま》を抜けて外に出ると、背後から声をかけられる。

「気をつけろよ。帰ってきたらまた飲もうぜ」

「はい、行ってきます！」

出立の意思を伝えると、彼は笑って扉を閉める。そして俺《おれ》は閂がかかる音を聞きながら、再び樹海の奥へと歩みを進めた。

9章12話 中間地点

4日後。

最初の拠点《きょてん》を出てから、あっという間に4日が過ぎて樹海の〝最前線〟に到着《とうちゃく》。ここまで道中は実にスムーズで、可能な限り魔獣《まじゅう》との接触《せっしょく》を回避《かいひ》しながら、ひたすら樹海の奥へと進むのみ。やることは初日と特に変わらず、360度全てがジャングルなので景色にも変化がない。

強《し》いて言えば、森の奥に行くにつれて立ち並ぶ放熱樹の1本1本が徐々《じょじょ》に太くなって、木々の間隔《かんかく》が開いていること。しかし、一日を振《ふ》り返れば感じる程度なので、誤差と言っていいだろう。

一方で顕著《けんちょ》な変化も2つある。まず1つは〝魔獣の変化〟、具体的には出てくる魔獣の種類と数が増えて、より強い魔獣も出てくるようになった。序盤《じょばん》から出てきたラプターの群れも、最初より体が大きい個体が増えたし、昨日の時点では少なくとも50匹《ぴき》はいるのが当たり前になっている。

正面から相手をして突《つ》き進《すす》もう！　なんて考えていなくて本当に良かった。

そしてもう1つの顕著な変化は〝拠点の様子〟。ここまでの樹海の危険度を考慮《こうりょ》すれば当然だが、普通に野宿をするのは危険極《きわ》まりない。そのため樹海内の拠点から拠点までは、短ければ徒歩で数時間、長くとも1日あれば到着できる距離《きょり》にあるようだ。

拠点同士の距離が近いため、この4日間の内に6つの拠点を通り抜《ぬ》けたけれど……その中で俺が泊《と》まろうと思えたのは最初の拠点のみ。泊まれるかと言われれば泊まれないことはない〝拒否《きょひ》したいが可能ではある〟と思うのも3つ目の拠点まで。

以降の拠点はどこも物資不足と設備の荒廃《こうはい》が目立っていて、なによりもそこにいる人々に余裕《よゆう》がない。端的《たんてき》に言って〝治安が悪すぎる〟ので、俺みたいな子供の外見で泊まったりすれば、夜には襲撃《しゅうげき》を受けることが簡単に予想できた。つまりは無法地帯。

今いる最前線の拠点は酷《ひど》く荒れすぎていて、村とも呼べない状態だ。住居は良くて掘っ立て小屋《ごや》で、粗悪《そあく》な作りのテントもある。防衛手段は誰かが張っている結界魔法と見張りなど、住民の人力に頼《たよ》るものが中心。一応、木製の柵《さく》やバリケードもあるけれど、あまり効果は期待できない。

……なお、衛兵のアシュトンさんの話によると、樹海で活動する冒険者《ぼうけんしゃ》でも、最前線付近を根城にして活動する人はほとんどいないらしい。何かしらの理由で奥に向かうことはあっても、普段《ふだん》は最初の拠点付近で活動するものだそうだ。

わざわざ環境が絶望的に悪く、命の危険も大きい最前線を根城にするのは、よっぽど強い人か筋金入りの世捨て人。あるいは何らかの理由があって〝他の場所では暮らせない人〟なのだそうだ。

……で、どうして今そんなことを考えているかというと……

「Cランクぅ？　ハッ！　そんなのここでは関係ないんだぜ」

「ここはガキの来る所じゃねぇんだよ！」

「お前、食い物持ってるんだろ？　さっさと出せよ」

「ここは俺らの縄張りだ。誰に断って入り込《こ》んでんだァ？」

「ひ、1人でこの先に進むなんて無謀《むぼう》だよ。悪いことは言わないからおじさんと一緒に──

──」

絶賛、絡《から》まれている最中なんだよな……

最初は3人、汚《きたな》くて明らかに堅気《かたぎ》ではない男達《たち》が進路を阻《はば》むように現れて、難癖《なんくせ》をつけてきた。その声を聞きつけたオッサンが仲裁《ちゆうさい》するように割って入り、一方的な説教を始めた。そうこうしているうちに、さらにぞろぞろと人が集まり、今の状況に至る。

こういう手合いはまともに相手をしても無駄《むだ》。疲《つか》れるだけなので、気が済むまでスルーした方が疲れない。前世は妬《ねた》まれるより見下される事の方が多かったが……やることは同じなのだから些細《ささい》な違《ちが》いだ。

「へっ、珍しいこともあったもんだな」

「どうやってこんなとこまで来たのか知らんが、アイツは終わったな」

「よりにもよって、あの3人組とオッサンかよ」

「なぁ、あのガキがどうなるか賭けないか？　〝3人組に殺される〟にラプターの干し肉1枚」

「なら俺は〝オッサンに飼われる〟に2枚だ。ガキでもここに来たなら、何かしらの能力はあるだろ。ただ殺すのはもったいないぜ」

「んじゃ俺は大穴狙《ねら》いだ。〝あのガキが逃《に》げる〟に4枚」

「ブハッ！　お前そりゃねぇだろ！」

場所が場所なので、全員まとめて30人にも満たない。彼《かれ》らの大半は何も言わず、遠巻きにこちらを見ているだけかと思ったら、ゲラゲラ笑いながら賭け事を始めたようだ。妬みや不満、敵意と悪意が籠《こも》った視線と罵声《ばせい》に満ちていることが、肌《はだ》で感じられる。

これが俺にかけられた呪《のろ》いの効果かと、一瞬考えたけど多分違う。呪いなんて関係なく、シンプルに彼らがろくでもない人間なだけだろう。

これならやっぱり迂回《うかい》して先に進んだ方が面倒《めんどう》はなかったかも？　でもなぁ……こんな場所でも、樹海の中では自分の位置を把握《はあく》するための貴重な〝目印〟だ。比較的《ひかくてき》安全な日本の山でも〝少しくらい大丈夫だろう〟と、軽い気持ちでルートを外れて遭難《そうなん》する登山客の話は枚挙にいとまがない。

遭難対策と帰宅のために、道中では定期的にストーンスライムを置いてきているから、最悪の場合は空間魔法で戻《もど》ることもできる。でも、あえて遭難のリスクを増やす必要はないと思って、正規ルートで来てはみたけど……

「おい！」

「こらガキ！　聞いてんのか⁉」

「舐《な》めた態度とってるとぶっ殺すぞ⁉」

「き、キミねぇ、大人の話はちゃんと聞かないとダメじゃないか。これは教育が必要だねぇ」

体力を温存していたら、とうとう彼らはしびれをきらしたようだ。威圧的《いあつてき》な3人組も、ねっとりとした笑顔《えがお》を浮《う》かべているオッサンも、同時に武器へ手を伸ばして一歩近づいてくる。その足が地面のぬかるみを踏《ふ》み、ぐちゃりと音を立てた——その時。

「邪魔《じゃま》だテメェら！　こんな所で固まってんじゃねぇ！　あとギャーギャー喚くなっつー

の！」

突然、横から周囲の音を掻《か》き消すほどの大声が響《ひび》く。４人を警戒《けいかい》しつつも視線を向けると、そこにいたのは異様な男だった。

絵の具で染めたような真っ赤な頭髪《とうはつ》に、身長が２ｍを超《こ》える大男。それだけでも目立つが、異様に感じるのはその服装が原因だろう。彼は防御力《ぼうぎょりょく》など欠片《かけら》もないであろう、ごく普通《ふつう》の布の服に身を包んでいるように見える。

一応、拠点の中ではあるが、ここでは安全など保証されていない。外よりはマシという程度のものなので、俺に絡んでいる連中も、周りで見ているだけの奴《やつ》らも、ここでは全員何かしらの装備を身につけている。にもかかわらず、彼だけが布の服。唯一《ゆいいつ》、巨大《きょだい》な金属製のハンマーを担《かつ》いでいるが、冒険者らしいところはそれだけだ。

一体、彼は何者なんだろうか？

「グ、グレン」

「チッ、面倒な奴が来やがった」

「Ｓランクだからってでかい顔しやがって。何の用だ」

「え？　Ｓランクのグレン？」

この人まさか、この前シーバーさんが話していた〝腕っぷしのみ〟でＳランクになった冒険者か？　こんなところで平然としているし、強いのは事実だろう。でも着ているものは汚《よご》れ放題《ほうだい》でボロボロ、髪《かみ》や髭《ひげ》は伸ばしっぱなしで手入れもされていない。歩き方もその辺のオッサンっぽいし……失礼だけど冒険者というよりただのホームレスに見えてしまう。同姓《どうせい》同名の他人？

「何の用だ、じゃねぇよ。道空けろや。邪魔で仕方がねぇ」

「今は取り込み中だ、俺らの縄張りでガキに勝手されちゃ、アンタもたまらんだろ」

「ああん？　んなの知らねぇよ。ここで何しようと、命がどうなろうとそいつの勝手だろ。俺の邪魔じゃなきゃどうでもいいし、興味ねぇんだよ。

　つーか、1人でここをうろついてんのは俺も同じだが、文句あんのか？　あるなら戦《や》るか？　その方がまだるっこしくなくていい」

「くっ、わかったよ」

　グレンと呼ばれた男がそう言うと、周囲で見物していた連中は逃げる様に立ち去り、俺に絡んできていた連中も黙《だま》って道を空ける。俺も今のうちに、一言礼を言って出ていこう。

「ありがとうございます」

「あん？　狩《か》りに行くのに邪魔だっただけだ、助けたつもりなんかねぇよ。大体、必要なかったろ、お前」

彼は本当に興味がなさそうに言い放つと、面倒臭《めんどうくさ》いと呟《つぶや》きながら体を伸ばす素振《そぶ》りを見せる。そして、次の瞬間には猛烈《もうれつ》な速度で駆《か》け出した。

「うわっ⁉」

「ぺっ！　ちくしょう！」

「あの野郎《やろう》またやりやがった！　これで何度目だよ⁉」

まるで水たまりにトラックが突っ込んだかのように、駆け出した勢いで泥《どろ》が跳《は》ね上げられた。おかげで俺や周りの連中が盛大《せいだい》に浴びることになったが、周りの反応から察するに、いつものことなのだろう。気になることはあるけれど、この場はさっさと抜け出すことが最優先。

それから泥の雨に乗じて闇魔法《やみまほう》も使うと、無事に最前線の拠点を抜け出すことには成功した。今後はまともな拠点がないという話だし、あったとしても近づかず、冒険者との接触も極力避《さ》けることにする。

ここはもう既《すで》に、人の生活圏の外。こんなところに住み着いているのは危険生物。ただ人の姿をしているかいないかの違いだけで、中身は大差がないモノ。そういうものだと考えておこう。

■ ■ ■

そんなこんなで再び樹海を歩き、数時間。俺は同じことを黙々《もくもく》と続けるのは好きだけれど、人によっては苦痛を感じるほど、変《か》わり映《ば》えのしない景色の中を淡々《たんたん》と歩き続ける。

やがて日が落ちてきたので、本格的に暗くなる前に野営の準備を行う。と言っても、寝《ね》床《どこ》どころか畑や養鶏場《ようけいじょう》まで、事前にディメンションホーム内に用意してあるので、ここで行うのは念のための安全対策だ。

「ここらがいいかな……まずは『カッタートルネード』」

今夜の寝床の出入り口に選んだのは、獣道《けものみち》から少し外れた所にある木の根元。この大木前の草木をある程度、風の刃《やいば》と竜巻《たつまき》で一気に刈《か》り取り吹《ふ》き飛ばす。シーバーさんの魔法よりも威力《いりょく》は低いが、草刈り機としては十分だ。

「お次は『ディメンションホーム』。出番だよ〝ヒュージロックスライム〟」

空間魔法で呼び出したのは、エンペラーのストーンスライム版。能力的にはエンペラーと同じで元のスライムの上位互換《ごかん》だけど、ストーンスライムの場合はストーンの次にビッグストーン、ロック、ヒュージロックと段階が増え、更《さら》に名前も変化していた。

おそらくだけど名前を見る限り、石、大きな石、岩、大岩、という感じで変化しているのだと思う。というか、それ以外の理由は現時点で思い浮かばない。実際、ヒュージロックはどこか観光地の山で名物になってもおかしくないくらいの体格？　をしている。だからこそ……

「着工から20秒、即席《そくせき》の家の完成！」

ヒュージロックスライムを配置、変形して体内に空間を作ってもらう。たったこれだけで上下前後左右を頑丈な岩に囲まれたワンルームの部屋ができるのだ！

周辺の警戒もしてくれるし、危ない時に出入り口を完全に塞《ふさ》げば密室も作れるので、外の魔獣が侵入する心配もない。脱出《だっしゅつ》する必要があれば、どこにでも出入り口が作れる。野営と夜の見張りには最適なスライムではないだろうか？

「ディメンションホームも便利な魔法だけど、出入りの時だけは危ないからなぁ……」

あれはもちろん重宝するけど、実際に出入りしないと外の様子が分かりづらいのが唯一の難点。そこに注意しておかないと、外に出たらいきなり魔獣の群れの中、ということになる可能性もある。

「でも、出入り口をスライムで囲ってしまえばその心配もナッシング！　……って、誰に話しているんだか」

我に返って、自分が何をしているのかと考えてしまう。

「一人旅は苦じゃないけど、独り言が増えるな……森にいた頃は気にもならなかったのに」

樹海の寒暖差の中を歩き続けて4日間、自分が感じているより消耗《しょうもう》しているのかもしれない。なんだかあっという間にも感じるけれど、目的地までの距離を考えれば、中間地点を超えたあたり。

……無理はせず、今日はいつもより早めに眠《ねむ》って、ゆっくり体を休めるとしよう。

9章13話 樹海の魔獣

次の日。

いつもより少し遅《おそ》めに行動開始。昨夜もゆっくり休めたので、体調に問題はない。

しかし、樹海のここまで奥《おく》には、あの最前線拠点の人間も来ることはないのだろう。完全に道はなくなり、生い茂《しげ》る草と蔓《つる》が絡んで天然のバリケードになっている所も珍《めずら》しくない。先に進むためには自らジャングルを切り開く以外になく、必然的にペースは落ちてしまう。

前に進むだけでも、これまでよりも手間がかかるけれど……魔獣はそんなことを考慮してはくれない。

「ゲゲーッ！」

「！」

遠くから迫《せま》ってくる異音に、警戒が強まる。同時に魔力感知が捉《とら》えたのは、高速で走る1匹の魔獣と、その少し後方に続く無数のラプター。

「げっ、こいつもしかして――」

「ゲゲゲゲゲ!!!」

事前情報からその魔獣に当たりをつけた次の瞬間、ジャングルの中からダチョウのような魔獣が飛び出して、俺を襲うことなく横を避けて走り去った。すると当然ながら、追っていたラプターは俺に気づくだろう。

「『パラライズミスト』『スパークボール』」

先手を打って、毒と雷《かみなり》属性の魔法をばら撒《ま》く。即効性《そっこうせい》の麻痺毒霧《まひどくぎり》と、着弾《ちゃくだん》地点から周囲に放電する電気の玉。どちらも広範囲《こうはんい》に効果を及《およ》ぼす魔法が、立ち塞がる壁《かべ》のように群れの行く手を阻むが、効果は薄《うす》い。

魔力感知で群れの動きを見る限り、麻痺毒の霧を吸《す》い込んだラプターは目に見えて動きが悪くなっているけど、足を止める程《ほど》ではない様子。それでも動きの鈍《にぶ》ったラプターは、続けざまに来た電撃《でんげき》を躱《かわ》せなかったようだ。

(それでも倒《たお》せたのは3割程度。スパークボールは人間相手なら十分な効果があるが、魔獣相手だと威力が不足気味か)

だが一瞬《いっしゅん》で3割減らした意味はあった。最初から比較的興奮していなかったと思われる、後方にいたラプター達の足が止まり、群れの半数ほどが逃走《とうそう》を始めてくれた。残った2割くらいなら、丁寧《ていねい》に対処していけば問題はない。

できるだけ苦しまないように淡々と処理を続け、襲撃がおさまる頃《ころ》には、周囲が死体と血の臭《にお》いで満たされていた。

「ふぅ……転がっているだけで、ざっと50匹《ぴき》。総勢何匹いたのやら……あれがテイクオーストリッチか」

あのダチョウの魔獣はこの危険な樹海の中に生息しているが、ほとんど戦闘《せんとう》能力を持たない。その代わりに強靭《きょうじん》な足腰《あしこし》を持っており、その脚力《きゃくりょく》で生き延びているだけでなく、興奮作用のあるフェロモンを放出することで、他種の魔獣を集めて獲物《えもの》にけしかける習性を持つ。

その習性から付いた異名は〝樹海最弱にして最悪の魔獣〟だそうだが……実際に木々の間をすり抜けてくる洪水《こうずい》のようなラプターの群れに襲われると、その理由がよく分かる。あのすさまじい勢いに気圧《けお》されて、冷静さを失ってしまったら、成すすべなくやられてもおかしくない。

「もったいないけど、今回は回収せずに進むか……」

テイクオーストリッチの習性的に、しばらくしたら死体をあさりに戻ってくるだろう。その時にまたラプターの群れをけしかけられたらたまらない。

■
■
■

昼過ぎまで歩き通すと、ヒュージロックではない、天然の大岩が見えてくる。

「あの岩から南東に行くと湖があるはず……」

ガイン達の手紙に書かれていた、村への行き方を確認《かくにん》しながら進む。するとしばらく進んだところで、急に放熱樹以外の植物がなくなり、視界が開けた。おそらくはこれがガイン達の話していた湖だと思うが……

「どちらかといえば泥沼《どろぬま》じゃないか？」

所々に水たまりと水草が浮かんでいるが、湖と呼ぶには水気の少ない沼地がそこにあった。

……まぁ、どちらにしても足場が悪いことに変わりはない。まだそこまで深くはないが、今の時点でも一歩踏み込めば足首まで埋《う》まってしまう。うっかり変なところに踏み込めば、足を取られて動けなくなるだろう。ここは無理せず、あれを使うか。

ディメンションホームからマッドスライム達と、昨年末の除雪に使っていた小舟《こぶね》を沼に投入する。ここで使うであろう道具も、忘れずに船に積《つ》み込んで……と。

「準備完了《かんりょう》！　レッツゴー！」

マッドスライムとのスライム魔法で泥を操《あやつ》り、濁流《だくりゅう》で泥沼の上を駆け出した。泥の重さのせいか、ウォータースライムほどの速度は出ないみたいだけれど、十分に速い。

「ウォーターが競艇《きょうてい》のモーターボート、マッドは普通のエンジン付きのボートくらいかな……船の速さはよく知らないけど」

どちらにしても、この泥沼を徒歩で進むよりよっぽど速く進めることは間違《まちが》いない。魔力回復薬も潤沢《じゅんたく》に持ってきているし、このまま対岸まで突き進もう。

……なんて、簡単に進ませてくれるわけがないのは、ここまでの道中でよく分かった。

「本当にッ、一筋縄では行かないな！」

進行方向の泥の中から、大きな何かが近づいていることを察知。素早《すばや》く左に舵《かじ》を切ると、一拍《いっぱく》遅《おく》れて人の腕《うで》ほどの牙《きば》がびっしりと生えた顎《あご》が飛び出し、続いて岩のような頭と胴体《どうたい》が姿を現す。

全長およそ4mの巨大ワニ、Cランクのガロモスアリゲーター。その強靭な顎にかかれば鎧《よろい》を着た人間でも容易《たやす》く噛《か》みちぎられてしまうらしいが、

「準備は万端《ばんたん》！」

「グアフッ⁉」

巨体に反して素早い動きでこちらを呑《の》み込もうとしたところを、船ごとテレポートで回避。さらにその場には、事前に用意しておいた特製粘着弾《ねんちゃくだん》を残しておく。すると、どうなるか？

「!?……!……!?」

粘着弾を何度か咀嚼《そしゃく》した巨大ワニは、徐々に口内が固まって開かなくなったことに驚《おどろ》いたのだろう。泥の中で暴れ始める。

ワニの噛む力は強い反面、口を開ける力は弱い。粘着弾を呑み込まれる、あるいは唾液《だえき》で粘着液《ねんちゃくえき》が薄まった場合は効果がなくなる可能性もあったけど、しっかりと効果を発揮しているようだ。

困惑《こんわく》して動きが止まった所を狙い、ガロモスアリゲーターの頭部に転移して、刀を脳天に突き刺《さ》して仕留める。顎の力は脅威《きょうい》だが、型に嵌《は》めてしまえば問題ない。

その後、獲物の回収も含《ふく》めて、４時間ほどで泥沼地帯を脱出。キリもよかったので、今日はここらで休むことにする。

■　■　■

さらに翌日。

昨日で泥沼地帯を抜けたと思ったら、1時間ほど先に2つめの泥沼が広がっていた。どうやら俺が陸地だと考えていたのは、川で言うところの中州《なかす》だったようだ。

なんだろう、南米のアマゾン川を遡上《そじょう》しているような気分になってきた……そんなことやったことないけど。というか、樹海の探索《たんさく》は移動、魔獣との戦闘のどちらかしかないな……

こうして黙々と進むこと、さらに2時間の船旅。今度こそ湿地帯《しっちたい》を抜けたようだ。

「ッ⁉」

上陸後、船を片付けようとしたところで、違和感《いわかん》を覚える。咄嗟《とっさ》に後ろへ飛び退《の》けば、木の葉の擦《こす》れる音と共に、樹上から何かが落下してきた。

「もしかして俺、やっぱり運悪いのかなぁ……」

落下してきた物体は大きな泥の飛沫《しぶき》を上げて、俺が乗ってきた船の上で、丸太のような体をモゾモゾと動かしている。人を数人丸呑みできそうな、緑色をした巨大な蛇《へび》の魔獣。樹海に生息する蛇の魔獣は複数いるが、このサイズに該当《がいとう》するのはAランクの〝イモータルスネーク〟だろう。

しかし、イモータルスネークの生息域からはまだ遠いはず。せめてあと1週間位は中心部に向かって歩かなければ、その場所にはたどり着かない筈《はず》だが……そんなことを考えても仕方がない。

「運が悪かったと諦《あきら》めよう」

俺の呟きに反応したのか、イモータルスネークが船を捨てて、地面を滑《すべ》るように襲いかかってきた。鎌首《かまくび》を持ち上げて、弾丸の様に首を突き出して噛み付きに来る。その動きはガロモスアリゲーターよりもさらに速い。だが、対応は可能。

「くっ」

問題は、防御力と回復力。攻撃《こうげき》を躱しながら胴体を刀で切り上げてみたが、肉そのものが硬《かた》いのか、思ったほど刃が通らない。イモータルスネークも特に苦しむ様子はなく、今度は巻き付き締《し》め上げようとしている。

気で強化した足で跳躍《ちょうやく》し、包囲から脱出。着地の際に気を込めた一太刀《ひとたち》を浴びせると、先ほどよりも刃が深く肉に食《く》い込む。今度はそれなりに深い傷を与《あた》えたはず……が、即座《そくざ》に尾《お》を使った反撃《はんげき》。

しかも、回避して距離を空けるだけの僅《わず》かな時間で、その傷はみるみるうちに癒《い》えてしまう。……この魔獣も戦えなくはないが、厄介《やっかい》だ。

「『トルネードカッター』」

周囲の草木も刈り、戦う場所を確保。ついでに道を見失わないよう、近くの樹に目印をつけておく。

「シャアッ!!」

掠《かす》れた音を出しながら、奴が動き出した。攻撃方法は先ほどと同じ飛びかかりだ。一度見た攻撃は確実に躱して、今度は氷属性の魔力を纏《まと》わせた刀で切り付ける。

「キシャアアアッ!?」

冷気を発する斬撃の効果は覿面《てきめん》。先ほどよりも傷は浅いにもかかわらず、イモータルスネークはこちらへの警戒、そして怒《いか》りを露《あらわ》にする。どうやら俺は〝ただの獲物〟から〝敵〟と認識《にんしき》されたようだ。

「シャアアアッ!」

先ほどの一撃がよほど気に障《さわ》ったのか、攻撃が一気に苛烈《かれつ》になる。先ほどからの飛びかかりに噛みつき、締め上げに加えて、周囲の木々を使って縦横無尽《じゅうおうむじん》に動く。流石《さすが》はここに住む魔獣、地の利は向こうにあった。

攻撃を躱しながら冷気を纏った刀でイモータルスネークを切り付け続けるが、いくら続けても致命傷《ちめいしょう》にならない。精々、傷の治りが遅くなる程度。胴体を切りつけるだけではいくらやってもダメそうだ。

そうなると、だ……

「はっ！」

「シッ⁉」

狙うは、嚙《か》みつきから締め上げに移行するタイミング。上段に構えた刀を、襲い来る蛇の頭部に思い切り振り下ろす。手の内に若干《じゃっかん》の抵抗《ていこう》を感じた気がするが、気を用いて強引《ごういん》に振り抜けば、狙い通りに頭と胴体を切り離《はな》す事に成功。

だが、それでもイモータルスネークは息絶えなかった。

「シャアッ⁉　シャアアア!!!」

「おっ⁉」

驚いた事に、切り落とした頭部はまだ元気に生きている。胴体も乾《かわ》いたコンクリートの上に出たミミズのように、滅茶苦茶《めちゃくちゃ》にのたうち回り始めた。すぐに頭を潰《つぶ》そうと思っていたが、胴体の動きに巻き込まれないよう距離を取ろうとした、その時だ。

「……こいつの体、どうなってんだ」

見れば、切り離したばかりの頭が、切り口から体を再生させ始めている。即死《そくし》しないだけならまだ分からなくもないが……こいつ、本当は蛇じゃなくて〝プラナリア〟なんじゃないだろうか？

魔獣は1つランクが違えば大きく強さが変わる。特にC以上はそれが顕著だとは聞いていた。しかし、イモータルスネークといい、ラインバッハ様のイグニスドラゴンといい、Aランクの魔獣はどいつもこいつも化物だ。

……と、俺がそんな感想を抱《いだ》いているうちに、頭は元々の体と同じぐらいまで体を再生させてしまう。ただ、再生は頭が起点になっているようで、胴体の方に頭が生えなかったことは救いだ。

しかし、このままでは埒《らち》が明かない。

「『エクスチェンジ』」

仕方なく、刀を鞘《さや》に戻して空間魔法で手元に銀色の短槍《たんそう》を呼び寄せる。長さ1・4mほどで銀色に輝《かがや》くそれは、ディメンションホーム内で待機させていた、特殊《とくしゅ》なアイアンスライムの槍。同時に俺の奥の手であり、この世の生物に対する必殺の槍。

「申し訳ないけど、あまり長々と付き合えないからな」

本能的に危険を感じたように、イモータルスネークが、動きを止める。言葉はないが、これまでで一番の警戒と敵意を感じる。だが、こちらに背を向けることはなかった。鎌首を持ち上げて数回、ゆらゆらと頭を揺《ゆ》らしてから、最後の一撃が放たれる。

「――――!」

矢のような一撃を、すれ違うように回避して槍を突き刺す。槍はそのまま俺の手元から離れた。イモータルスネークは得物を失った俺をどう思ったのか……こちらを一瞥《いちべつ》したかと思えば、そのまま地面に倒れて痙攣《けいれん》し始めた。

この反応を見て、奥の手が有効だった事を確信する。しかし警戒は解けない。確実に仕留められた事を確認してから、やっと槍を回収する。

「お疲れ様、もういいぞ」

槍に声をかけてねぎらうと、一仕事終えたとばかりに形が崩《くず》れて、見慣れたアイアンスライム本来の姿を見せる。また、槍が刺さっていた傷口からは大量の出血、もといブラッディースライムが姿を現した。

芯《しん》が空洞《くうどう》の槍にブラッディースライムを仕込《しこ》んで、敵の体内に打ち込み、体中の血液を吸収させる……自分でやっておいてなんだけど、エグい使い方だ。人も魔獣も、血が通っているのであれば、おそらくこの技で殺せない生き物はいない。

強力で効率的であることは認める反面、かなり危険な代物《しろもの》なので扱《あつか》いに注意が必要。それに、これに頼ってしまうことがあれば腕は鈍るだろう。

「この槍は、本当に必要な時だけにしよう」

純粋《じゅんすい》な戦闘だと、Aランク相手にはまだ実力不足といったところか。樹海に来るにあたって、戦闘用の魔法を増やしたつもりでいたけれど、もう少し鍛《きた》えた方がいいな。

軽く反省をしつつ、槍になったアイアンの中にブラッディーを回収。他の魔獣が来ないうちにイモータルスネークの死体を回収しようとしたところ、樹海の奥から何かが接近していることを察知。即座に回収を中止して、戦闘に備える。

しかし、

「！　貴方《あなた》は」

「おっ？　お前、この前の奴じゃねぇか」

ジャングルの中から顔を出したのは、魔獣ではなく見覚えのある大男だった。

9章14話　急転直下

森の奥からハンマーを担いで現れた大男……最前線拠点にいた連中の話が嘘《うそ》でなければ、彼はSランク冒険者のグレン。〝暴れ竜《りゅう》〟の異名を持ち、長い活動歴と多くの功績を積み重ねてようやく到達《とうたつ》できる地位に、腕っぷしのみで昇《のぼ》りつめた豪傑《ごうけつ》。

俺《おれ》が彼について知っているのは、亡霊《ぼうれい》の街で大人達から聞いたことだけ。しかし、その時にシーバーさんは〝私は歴代最強の騎士《きし》などと呼ばれていたが、あの男はおそらく現代最強だろう〟と話していた。

なんでもシーバーさんは、グレンさんがSランクの称号《しょうごう》を得た際に行われた御前《ごぜん》試合の相手を務め、敗れている。老いを感じ、騎士団《きしだん》引退を本格的に考え始めたきっかけの1つでもあった、と包み隠《かく》さずに教えてくれた。

武器が違えば戦い方も違うだろうし、単純な比較《ひかく》はできない。しかし、先日のシーバーさん以上の実力者であることは間違いないだろう。

そんなSランク冒険者と2度目の遭遇《そうぐう》を果たして、どうするか？　と迷っていると、

「その蛇、お前が仕留めたのか？」

彼はまず、俺の足元に転がる死体に目を向けていた。

「襲われたので。もしかして先に追っていましたか？」

「いや、こいつなかなか死なないだろ？　俺も何度か戦ってはいるんだが、面倒くせぇんだよ。しかも、仕留める時にはひき肉になってるから、肉も皮もグチャグチャで金にならねぇ。よくこんな綺麗《きれい》なまま殺したなと思っただけさ」

どうやらその言葉は本心のようで、彼は興味深げに死体の周りを歩き回り、方々から観察していた。かと思えば、

「よし。とりあえずお前ぶん殴《なぐ》っていいか？」

「なんでいいと思った？」

さも当たり前のように、名案だと言わんばかりの発言に、思わず言葉を返していた。何がどうなって〝とりあえず殴る〟という結論に至るのかが、純粋な疑問。いや、もしかすると何かが気に障って、例の呪いの影響《えいきょう》を受けたのかもしれない。

急いで制止の言葉をかけ、呪いの事を説明すると、

「呪いとか別に関係ないぞ。俺は特にお前が気に食わないとか思ってねぇし。つーか、どっちかっつーと気に入った方だしな」

「そうなのですか？」

「おう。だからぶん殴りてぇ」

「……気に入った相手だからこそ殴りたいと？」

「強い奴と戦うのは楽しいだろ？」

「そんな当然の事のように言われましても」

言葉の意味は分かるのに理解ができない俺に、大男は屈託《くったく》のない笑顔を向けてくる。それは本当に悪意も敵意も感じない、純粋に面白《おもしろ》そうだと思っていることが伝わってくるような、いい笑顔。

なるほど、この人、ただの戦闘狂《せんとうきょう》か……結構多くの人と付き合って来たと思っていたけど、初めて見たよこんな人。ってか、戦闘狂って本当にいるんだ……

「なんでこんなに人がいないところで遭遇するのが、よりにもよってこんな面倒そうな人なのか」

「おい、声に出てんぞ」

おっと、失礼。

「でも先日お会いした時には、僕《ぼく》に興味がなさそうに見えましたが」

「あのあたりでウロウロする程度の奴と戦っても、つまらないだろ？」

なるほど。この人の基準で、あの拠点《きょてん》の人達《たち》は相手にする価値もない雑魚《ざこ》。先日の俺もそこに含まれていた。しかし今の俺は1人でここまできて、イモータルスネークを倒したという実績もある。

「それで雑魚からちょっと面白そうな奴に再評価されたと」

「分かってるじゃねぇか。よっしゃやるぞ！」

「やるとは言ってない」

「なんだよ、ノリが悪いな……よし、一発だ。一発ならいいだろ？」

ノリとか以前に、もう少し常識的な会話をして欲《ほ》しいが……

「こちらも反撃していいんですよね？」

こんな一方的な話を受けてやる必要があるのか？　とも思うけれど、まともに相手をするのもそれはそれで面倒臭そう。軽く腕試《うでだめ》しをして、満足して帰ってくれるならよし。本気で襲ってくるのなら、それが魔獣《まじゅう》でも人間でも、Sランク冒険者《ぼうけんしゃ》でもやることは同じになる。釈然《しゃくぜん》としない部分はあるが、さっさと面倒ごとは片付けよう。

そんな気持ちで返答したのだけれど……どうやら今の一言は思った以上に彼の琴線《きんせん》に触《ふ》れたようで、不敵な笑《え》みを浮かべている。

「おう、もちろんだ。黙って殴られろなんて言わねぇよ。面白くねぇしな」

「そればっかりだな」

呆《あき》れながら、持ったままだった槍を少し離れた場所に放り投げる。

「なんだ、その槍は使わねぇのか？」

「殴り合いに槍は使わないでしょ」

「別にそっちは使ってくれてても構わなかったんだが、面白《おもしれ》ぇ！」

彼《かれ》は嬉々《きき》として担いでいたハンマーを投げ捨てると、その太い腕と肩《かた》を回す。そしておもむろに、足元にあった小枝を拾った。

「合図はわかりやすく、こいつを上にぶん投げて落ちたらでいいな？」

「それでいいです」

「なら行くぞ！」

数メートルほど離れた位置から、グレンは軽く小枝を真上に投げる。しかし、その動きに反して枝は勢い良く空中に投げ出された。小枝は少なくとも40ｍはあろう巨木《きょぼく》の、生い茂る枝葉付近まで飛び、落ちてくる。

そして、地面に接した音を認識した瞬間《しゅんかん》には、振《ふ》り下ろされる拳《こぶし》が目の前にあった。

「ッ⁉」

反射的に体が動く。

相手は右の拳で、真正面から殴りかかってきただけ。気を用いた強化はしているだろうが、他には工夫《くふう》も何もない。ただそれだけの一撃が異様に重い。

実際に拳を払《はら》おうとした右手が接触《せっしょく》した瞬間に、力不足を感じる。間に合った左手の力を加えても拳は逸《そ》らし切れず、接触面を軸《じく》に全身を翻《ひるがえ》すことで、皮一枚のところでなんとか受け流せた。

思わず頬《ほお》に冷《ひ》や汗《あせ》が流れたことを感じつつ、拳を振り抜《ぬ》いたままがら空きになった腹へ、全力の蹴《け》りを叩《たた》き込《こ》む。

「！」

手加減をしたつもりもなく、その余裕《よゆう》もなく。打ち込んだのは間違いなく渾身《こんしん》の一撃。しかし、足から伝わる感触《かんしょく》が、効果がないことを告げていた。

叩き込んだ足が皮膚《ひふ》に押《お》し返されるような感触に逆らわず、腹を踏《ふ》み台《だい》にして横に飛ぶことで距離《きょり》を取ることに成功するが……僅かながら確実に手足に残る痺《しび》れが、回避《かいひ》と反撃の結果であることに驚きを禁じ得ない。

そして、それ以上に驚愕《きょうがく》したことがもう1つ。

「身体能力だけであれかよ」

殴りかかる動きは大振りの、所謂《いわゆる》テレフォンパンチ。戦い慣れているようには感じたけ

のよう。

れど、攻撃後の隙《すき》も大きい。何らかの武術を修めた人間というよりも、喧嘩《けんか》慣れした不良

……おそらく先ほどの一撃は、気による肉体強化のみで、あの速度と威力。ただそれだ

けで叩き潰されそうになった。Sランク冒険者というのはこれほど強いのかと、湧《わ》き上が

る驚きが感服に変わり――

「ダァーッ！　クソッ！　失敗した！」

――かけたところで、グレンが声を上げた。暴れる気かと警戒《けいかい》するが、

「もう2、3発くらい多くしとけばもっと楽しかったっつーのに……でも1発って言った

のは俺だしなぁ……仕方ねぇや。終わりだ」

どうやら暴れる気はないらしい。また、その口ぶりからしてネガティブな感情も抱いて

ないようだ。他人の話はあまり聞かないが、自分で決めたルールや約束は守るタイプなの

かもしれない。

……厄介な人であることは否定できないけれど、あの最前線拠点の連中ほど悪い人間で

もなさそうではある。しかし、いまだに悔《くや》しそうな顔をしているところを見ると、なんで

そんなに俺と戦いたいのかという疑問が湧いてきた。

「そんなに戦いたいんですか？」

「あ？　当然だろ。ほとんどの奴《やつ》は一発殴ったら十分なんだよ。避《よ》けられもしねぇし、ただぶっ飛んでく。たま一に耐《た》える奴もいるが、その後も戦える奴は珍しい。殴り返せる奴なんざ、もっと少ねぇよ。そんなの見つけたら、見つけた時に戦っとかなきゃ損だろうが」

「ああ……」

落胆《らくたん》や退屈《たいくつ》を感じる口ぶりで、何となく察した。この人は〝強すぎる〟のだ。

一般人《いっぱんじん》はもとより、戦闘行為《せんとうこうい》を生業《なりわい》とする人の平均からも、彼の強さは大きく外れている。だから、大半の人間は一撃で勝負がついてしまう。俺に対して〝殴っていいか？〟と言っていたのも、〝殴り合い〟になることの方が稀《まれ》だからなのかもしれない。

「あとは目だな。俺が殴って耐えられる奴も、大体は殴ったら大人しくなっちまう。勝てねぇと思ったら、すぐに諦めて戦う気をなくす。そういう奴らは最初から弱い奴と変わらねぇよ。ほら、最初に会った時にもいただろ？　やかましい奴らが」

「ああ、あの最前線拠点の」

「あいつらも前にぶちのめしてから、俺には絡《から》んで来ねぇ。Sランクなんて関係ねぇとか威勢《いせい》のいいこと言ってるが、あれは何もしないで尻尾《しっぽ》巻いて逃《に》げるのが気にくわねぇだけだ。本気で俺と戦う気なんてないのさ」

確かにあの連中は、妙《みょう》に小者臭《くさ》かった。決して弱くはない、というか外の街のゴロツキや盗賊《とうぞく》と考えれば、おそらく強い方だ。それでも彼の前ではあの態度。自分より強いことを理解してなお、立ち向かおうという気概《きがい》がない。彼が言いたいのはそういうことだと思う。

「その点、お前はさっき俺が叫《さけ》んだ時に身構えたろ。急に腰《こし》の引ける奴らとは違《ちが》って、襲ってきたらぶっ飛ばすって意志っつーか、焦《あせ》ってないっつーか……お前、本気で戦えばまだ何かできることがあるんだろ？」

……少し驚いた。奔放《ほんぽう》で、ともすれば無警戒《むけいかい》にも見えたのに、流石はSランクの冒険者ということか。確かに、この人は強いが、手はあると思っている。

イモータルスネークにも使ったスライムの吸血槍は、空間魔法《まほう》を使えばいつでも手元に戻《もど》せる。移動に使ったマッドスライムも回収していないので、スライム魔法で泥《どろ》を操ることもできる。倒せる相手ではないとしても、空間魔法で逃亡《とうぼう》するくらいの隙を作ることもできないとは思っていない。

「へっ、やっぱ面白いな、お前。相手になるどころか、隙があったら返り討《う》ちにしてやるって言われてるみてぇだ。あー！　本っ当に、もう少し長く戦えるようにしときゃよかった！」

ガリガリと汚《よご》れのこびりついた頭を掻《か》きながら、またしても彼は叫び、大樹の枝葉に覆《おお》われた天を仰《あお》ぐ。しかし、その直後。彼は何を思いついたのか、海老《えび》が跳《は》ねるように、一瞬にしてこちらに視線を向ける。

その爛々《らんらん》と輝く目をみた時点で、嫌《いや》な予感を覚えたが、

「そういやお前、名前は？　聞いてなかった」

「……リョウマ・タケバヤシです」

「じゃあリョウマ！　俺は決めたぞ！　しばらくお前についていく！」

「は⁉」

予感はあっという間に的中し、逃げる間もなかった。ってか、どうしてそうなる⁉

9章15話　Sランクのグレン

「うははは！　これならだいぶ楽に進めるな！」

道を知らないはずなのに、Sランク冒険者のグレンは大声で笑いながらずんずんと前を歩いていく。

なかば強引に同行することになったので、もう遠慮《えんりよ》なく露払《つゆはら》いとして使ってやることにしたのだけれど……その手が一振りされるごとに、雑草や絡んだ蔓が引き千切られて道ができる光景は、ブルドーザーが通った後のようだ。

ソイルスライムとのスライム魔法で、下草の根を露出《ろしゆつ》させて抜けやすくしているとはいえ、その膂力《りよりよく》には脱帽《だつぼう》する。

「それにしても、僕について来て良かったんですか？　もうついて来るなとは言いませんが、グレンさんにも依頼《いらい》か用事があったのでは？」

「俺は適当に魔獣を狩《か》ればどこでもいい。お前と会う前も適当に歩いているだけだったし、奥に向かうならむしろ好都合だ。途中《とちゆう》でいくらでも魔獣が出てくるだろうから、中には高く売れる奴もいるだろ。

そもそも俺は、ギルドの依頼とか滅多《めった》に受けねぇんだ。俺は俺が行きたい時に、行きたいところに行って、戦いたい奴と戦う。どこどこに行って、何を狩って来いとか命令されるのがウゼェし、色々注文つけられると面倒《めんどう》だからな。

金は魔獣の死体を持って帰って、買い取りとか後のことは全部ギルドにぶん投げれば十分に稼《かせ》げる。あとはSランクになると、名前だけで金が借りられるから困ることもないぞ。金返せって催促《さいそく》されることもめったにないしな」

「その口ぶりから察するに、日常的に借金を？」

「おう、今回はいつもより、ちっとばかりツケが溜《た》まっていたらしい。金借りていた奴が珍しく頭下げてきやがった。しばらく気分がのらなくて、街でブラブラしていたからなぁ……飯に酒に女に、どんぐらい使ったっけなぁ？」

借金を返すために稼ぎに来ているのに、借金の額を把握《はあく》していない。しかも、借金の理由は遊ぶ金。……清々《すがすが》しいほどのクズと言っていいだろうか？　強さも人格もぶっ飛びすぎじゃない？　この人。

最近は俺もだいぶわがままに、好きなように行動していると思っていたけど、この人と比べたら断然大人しかったと思ってしまう。

「あー、やっぱりわからねぇ。でも最終的に払うんだからいいだろ。きっちり借りた分は返しているから、向こうもずっと貸すんだろうし」

「そうかもしれませんが、借りた分は把握してないと、騙《だま》されません？」

「そういう奴は、騙されたと分かった時点でぶん殴りに行けば問題ないぞ。そのうち騙そうとする奴もいなくなるしな！」

とんでもなく力技な解決法。Sランクじゃなければ暴行で捕《つか》まりそうだ。……いやSランクでも捕まる案件か。捕まえられるかは別として。

「まぁ、好き好んで貴方に喧嘩を売るとしたら、よっぽどの命知らずでしょうからね」

「そう思うか？　結構いるぞ、俺に喧嘩売ってくるやつ」

「えっ、本当に？」

「まず、俺を倒せば自分が有名になれると考えている連中だな。大抵《たいてい》が雑魚だし一回ぶん殴れば二度と来ないが、そいつらはまだ面と向かって喧嘩売ってくるだけまだマシな方だ。

俺が一番気に食わないのは、あーだこーだと理屈《りくつ》をこねて〝俺をうまく使ってやろう。甘《あま》い汁《しる》を吸ってやろう〟って考えている連中さ。そういう奴らはどこにでもいる。Sランクになってから近づいてくる奴の中にも珍《めずら》しくねぇ――っと、前からなんか来たっぽいぞ」

軽い調子で彼が注意を呼びかけ、ゆっくり10数えてようやくこちらも魔獣の群れを感知する。一体どれほど遠くまで感知できるのか、と思った時には、さらに追加情報が出てきた。

「おっ？　こりゃデカいのもいるかもな。リョウマ！　先に来るチビ共はさっさと倒《たお》すぞ！」

「了解《りょうかい》！」

俺が答えた直後、ラプターの群れが前から、右から、左から。さらに迂回《うかい》して背後の草の中から次々と飛び出してくる。立ち位置から必然的に、俺が後方から、グレンさんが前方からの敵を受け持つことになるが……

「オラァ！　邪魔《じゃま》だァ！」

グレンさんは巨大《きょだい》なハンマーを力任せに軽々と振り、ラプターの群れをまとめて薙《な》ぎ払っていく。

「ギャァッ！」

「口がクセェ！」

ハンマーを逃《のが》れた1匹《ぴき》がグレンさんの腕に噛み付いた。しかし、彼は痛みを感じた様子もなく、まるで鬱陶《うっとう》しい虫を払うように噛まれた腕を振り回す。ただそれだけで噛みついたラプターは宙を舞《ま》い、放熱樹の幹に激突《げきとつ》して動かなくなった。

……彼の戦い方を見て、彼の強さの理由が少し分かった気がする。

まず、彼は腕試しの時点で考えていた通り〝気を用いた肉体強化〟を使っている。何か奥《おく》の手を用意している可能性は十分に考えられるが、メインはそれだろう。そして、その練度が恐《おそ》ろしく高い。

俺もそうだが、これまで見たことのある気の使い手は戦闘《せんとう》時に多かれ少なかれ、体から気力が漏《も》れ出していた。特に強力な攻撃を使う前などには、気が湯気のように立ち上って見えるくらいにわかりやすく見える。

一方で、グレンさんにはそれがない。動きとパワーからして、強化をしているのは間違いないが、漏れ出る気が一切《いっさい》ない。言い換《か》えれば、気を運用する上での〝ロスが一切ない〟ということなのではないだろうか？　全ての気力を無駄《むだ》なく自身の強化に当てられれば、強化の度合いもより効率的になる。

防御力《ぼうぎょりょく》についても同じこと。常人なら致命傷になる爪《つめ》や牙に対して、彼は防御も回避もしない。ラプター程度ならその必要もないのだろうし、自分の体より防具の方が脆《もろ》ければ、そんなものをわざわざ身につける意味もない。

「リョウマ！　デカいのが来たからチビ共は任せるぞ！　戦いながらこっち見ている余裕があるなら大丈夫《だいじょうぶ》だろ！」

こちらの返答を待たずに、グレンさんは前方に飛び出した。比喩《ひゆ》ではなく、本当に。一歩で数メートルのジャンプをしたかと思えば、その先にあった放熱樹の幹を足場にして、ジグザグに跳ねながら空中をかっ飛んでいく。

その先には今回の群れのリーダー。襲《おそ》ってきているラプター達も、樹海の入り口あたりと比較すれば強く、大きい個体が増えているが……あの個体はこちらからの視界を阻《はば》む草木の中に隠れきれず、頭がわずかに出ている。明らかに別格の巨体。しかし、

「ゴァアアッ……」

数十秒と経《た》たないうちに、遠くから断末魔《だんまつま》の叫びが聞こえてくる。どうやら向こうは、あっという間に終わったようだ。リーダーがやられたことで、僅かに残っていたラプター達も引き上げていく。

「よっ……くっ……このっ」

その後、仕留めたラプターの死体を回収してグレンさんと合流すると、彼の隣《となり》には頭部が潰れたラプターの上位種〝タイラントラプター〟の死体があった。巨大な体躯《たいく》を分厚い鱗《うろこ》で包む姿は、昔の映画で見たティラノサウルスにも近い。

「こういう魔獣がいるとは聞いていましたが、本当に大きいですね」

「でも倒すのは楽だぞ。小さい奴よりパワーはあるが、デカい分だけ動きは鈍《にぶ》いし、さっ

きの蛇みたいにしぶといわけでもない。金を稼ぎたい時には狙《ねら》い目《め》だな」

彼は服の下に着けていた小さなウエストポーチに獲物《えもの》の死体を引き摺《ず》り込んでいく。空間魔法が付与《ふよ》された収納用の魔法道具であろうそれは、彼の体格と比較して余計に小さく見える。そうでなくとも服の下に隠れる程度のポーチに、ティラノサウルスが入っていくのは不思議な光景だ。

「で、俺がどうして強いか分かったか?」

脈絡《みゃくらく》のない質問だが、観察していたことを言っているのだろう。感じたことを素直《すなお》に答えると、彼は満足そうに笑った。

「さっきの話の続きだがな。冒険者に限らずよくいるのが、強くなる方法や強さの秘密を教えてくれって奴らだ。何で俺がお前らに教えてやらなきゃならねーんだと思うが、ちょっとぐらいいいだろ? とか、教えて当然みたいな顔してる奴はウザいんだよ」

「それは確かに面倒くさい」

「そもそも俺は、気を〝使う〟って感覚がわからねぇ。生まれつきの体質でこうなってるだけだからな」

「……ということは、無意識に?」

「おう。かなり珍しい体質らしいし、俺もよくは知らねぇが〝気〟ってのは、要は体力とか生命力みたいなもんだろ？　人間なら誰《だれ》でも持ってるもので、それを自由に扱うのが〝気功〟って技なんだとよ」

つまり、彼の強化は必要に応じて使うのではなく〝常時発動中〟。こうして話している間にも、彼の肉体は強化され続けているのだろう。更《さら》に話を聞くと、この体質のおかげで彼は、戦闘だけでなく探索で障害となる多くのものから身を守っているとのことだった。

例えば、樹海に生息する毒虫やヒルなど。俺は肌《はだ》を出さない装備と特製の虫よけで身を守っているが、彼の場合は虫の針が皮膚に刺《さ》さらない。刺さったとしても多少の傷や毒では影響が出ないし、影響が出たとしてもすぐ治ってしまうのだそうだ。

「肉体の強化で、内臓機能や自己治癒《ちゆ》能力まで強化されているのか……」

ここまでだと、彼の体質はメリットばかりに聞こえるが、そう上手《うま》い話ばかりではないようだ。

先ほど彼が言ったように、気というエネルギーはその人が持つ体力や生命力。それを消費すれば疲《つか》れもするし、無理をすれば命に関わる。魔力も枯渇《こかつ》すれば体調不良を引き起こすが、気の場合はより重篤《じゅうとく》な症状《しょうじょう》が出てしまう。

俺も含《ふく》めて、普通《ふつう》の人ならそこまで無理をする前にぶっ倒れるのだが……グレンさんの場合は体質が原因なので、彼の意思では止めることができない。倒れたとしても止まらない。

さらに幼少期は体にも負担がかかり、強化が逆に虚弱体質《きよじやくたいしつ》に繋《つな》がるという悪循環《あくじゆんかん》。珍しい体質故に対処法も確立されておらず、貴族でも裕福《ゆうふく》でもなかった彼の親ができたのは、失った気を少しでも補うために〝少しでも多く食事をさせる〟という方法のみだったそうだ。

さらに、その処置のために幼少期の彼と彼の両親は、当時住んでいた村でひんしゅくを買っていたという。

「親父《おやじ》とお袋《ふくろ》は〝みんな協力的だった〟とか言ってたが、俺はガキ過ぎて連中の迷惑《めいわく》そうな顔しか覚えてねぇ。村の畑の実りが悪かった時なんか〝いつ死ぬかも分からないガキに分けてやる食い物なんかあるか！　とっとと死んでその分を俺達《おれたち》に分けてほしいくらいだ！〟とか言われてたしな。

まぁ、それが切っ掛《か》けで村の近くにいた魔獣を殺して食うようになって、飯は十分食えるようになったんだが、そうなるとまた面倒な奴が出てくる。〝お前が狩った魔獣の肉をよこせ！　これまで養ってやった恩を忘れたのか！〟とかな」

そこまで言って、彼は補足を加えた。

「言っとくが、タダで村の食い物を貰《もら》っていたわけじゃないんだぜ？　ちゃんとお袋は金を払ったし、村の鍛冶屋《かじや》だった親父はほとんどタダで道具の修理を請《う》け負ってた。親父が作った道具を街で売ったら、村の5倍で売れたとお袋と話していたこともある。

あいつらのことは別に恨《うら》んじゃいねぇ。親父とお袋が納得《なっとく》して金を払ったなら、俺もそこに文句はねぇし、あったとしても言えねぇ。けど、そんだけ俺の親から搾《しぼ》り取ったんだったら恩もクソもねぇ。そりゃもうただの取引だ。

困ってる他人はほっといて、自分が困ったら助けろとか虫が良すぎると思わねぇか？」

「確かに、いますよね……そういう人。あとは苦しいところは他人に押し付けて美味《おい》しいとこだけ持っていこう、自分だけ得しようって人も」

「だよな？　群がられると鬱陶しいしムカつくし、悪気がなくても喧嘩を売られてるようなもんさ」

結構重めの話もあったが、本人は特に気にした様子はない。彼の中では既《すで》に終わったことで、あくまでも一例として話しているだけなのだろう。

「まぁ、人間なんてどこの誰でも大して変わらないもんだからな。世の中には自分勝手な奴ばっかりなんだから、俺も我慢《がまん》してやる必要ない。やりたいことをやりたい時に、やりたいようにやってりゃ楽だし、楽しいだろ？」

う～ん……どうしよう、正直その気持ちは分かってしまう。俺も人間社会が面倒になって森に引きこもっていたわけだし……彼ほどすっぱり割り切れてはいないが、否定できない。別に否定するつもりもないけれど。

「楽しそうなのは同意します」

「おっ？　思ったより気が合うな。もっと頭の固い奴かと思ったんだが」

「貴方と比べたら、大体の人は頭が固くなると思います」

「だははっ！　言うじゃねぇか！　確かに俺より堅苦《かたくる》しくない奴は見たことねぇな！」

割と失礼なこと言ったつもりだけど……この人はたまに話が急転換《きゅうてんかん》したり、内容が飛躍《ひやく》したりするけれど、裏表は感じない。笑っているなら本当に気分を害してはいないのだろう。

危険な樹海の奥地に、騒《さわ》がしい声がこだまし続ける。

成り行きで同行することになったけど、賑《にぎ》やかに進むのも悪くはないかもしれない。

9章16話 グレンとの野営

コルミ村を目指してグレンさんと樹海を進んでいくと、幅《はば》が広くて濁《にご》った川にたどり着いた。

「ここを渡《わた》るのか？」

「いえ、ここからはしばらく川沿いに、上流へ向かいます」

「こっちか」

進む方向を教えると、ずんずんと進んでいく彼を追う。

「しかし遠いな。俺もここまで奥に来たのは初めてだ」

「グレンさんは、この樹海によく来るんですか？」

「よく来るってほどじゃねぇが、ここは強い魔獣を探す手間が少なくて、稼ぎやすいからな」

「Cランク以上、BやAも山程《やまほど》生息している場所なんて、そうそうないですからね……改めて考えるととんでもない地獄《じごく》だな、ここ」

「ハッ、その地獄を当たり前のように歩いてる奴が何言ってんだよ」

「実際に来て客観的に見てみれば、まともな人間が来る場所じゃないとは思いますって」

端的《たんてき》に言って、人の住むような場所じゃない。これまで出身地だとか、行こうとしているという話をして散々驚《おどろ》かれた理由が、本当の意味で分かった。皆《みんな》がなんとも言えないような顔するのも当然だろう。

そんな話をしている間にも頭上から丸太のような枝が、足元からは杭《くい》のような根が襲ってきたので、空間魔法で躱《かわ》して刀で眼前の大木を切り上げる。刀身から放たれた気の刃《やいば》は幹の上を走り、そのまま上部についていた瘤《こぶ》を両断。同時に隣の樹から打撃音《だげきおん》が響《ひび》くと、蠢《うごめ》いていた枝と根はピタリと動きを止めた。

「あ〜、やっちまった」

降りてきたグレンさんの呟《つぶや》きが聞こえる。それほど深刻そうではないけれど、何かあったのだろうか？

「大丈夫ですか？」

「怪我《けが》とかじゃねぇよ。ちょっと力入れすぎちまった」

そう言いながら掲《かか》げられたのは、グレンさんの使っていた巨大ハンマー。先ほどの音も大砲《たいほう》のようだったし、相当な力が加わったのだろう。金属製の柄《え》が中程《なかほど》から折れ曲がっている。

「ものの見事に折れていますね」

「これでも王都の武器屋で一番頑丈《がんじょう》なやつを買ってるんだが、まだ脆いんだよなぁ」

聞けば、肉体の強化は無意識かつ効率的にできてしまうが故に、意図して気を武器に纏《まと》わせるなどの運用は得意ではないらしい。そのため、強化された肉体のパワーに武器が耐えきれない事がよくあるのだそうだ。

慣れた手つきで武器をポーチに放《ほう》り込んでいるのを見るに、本当に珍しいことではないのだろう。彼にとっては。

「予備はありますか？」

「これが予備だった。心配すんな、武器がなけりゃ拳で戦えばいいんだ」

どうやらもう既に最低1回は壊《こわ》していたようだ。パンがなければケーキを食べればいい、みたいなことを言っているが……ここまでの道中で、彼の奇行《きこう》とも言える無茶苦茶《むちゃくちゃ》具合はよく分かった。この人なら大丈夫だ。

「しかし、今回は同時だったか」

「別に競《きそ》っているわけじゃないでしょうに。それより素材はどうしますか？　トレント、いやこの大きさはエルダートレントかな……」

「どっちにしてもデカすぎる。しかも2匹。これまで狩った魔獣もあるし、流石《さすが》に入りきらねぇな」

「僕の空間魔法でも全部は無理ですね」

この双子《ふたご》トレント？　の元になったのは、ただでさえ巨大な放熱樹。それが2本となると、回収も手間だ。機会があれば回収するということで、今日のところは置いて……いや、待てよ？

「今日はこの辺で休みましょう」

「？　ああ、こいつらの縄張りを知ってて避《さ》ける魔獣もいるだろうしな」

「大きい分だけ根もしっかり地面に食《く》い込んでいるみたいですし、倒れてくることもなさそうです。川も近いので、水の確保も問題ありません」

「分かった。俺はお前の行きたいところも道もしらねぇし、任せるぜ」

そう言うと、グレンさんは腰のポーチから丈夫そうな布を取り出してマントのように羽織り、そのまま放熱樹トレントの隆起《りゅうき》した根の上に寝転《ねころ》んだ。

「……まさかそのまま寝るつもりですか？」

「おう」

あまりにも雑な野営。普通の人間が同じことをやれば、すぐに虫やヒルに襲われること間違《まちが》いなし。この野営方法もそうだが、彼は常に野生的な対応でその場を乗り切っていく。例えば先ほど雨が降った時は何もせず濡《ぬ》れ鼠《ねずみ》になり、降《ふ》り止《や》んだところで体を震《ふる》わせて水気を飛ばす。思わず犬かとツッコミを入れそうになった。

濡れたことによる体温低下は大丈夫なのかと言ったら〝気合いと飯〟との答えが返ってくるし、常識では計り知れない。少なくとも俺《おれ》には考えられない野営方法だが、これで生きているのだから彼には問題ないのだろう。

……とは思ったが、やっぱり気になるのでヒュージロックスライムを呼び出して、簡単な小屋を作ってもらう。同行者を野晒《のざら》し&雨ざらしにしていては、のんびりできるものもできない。

「スライムで部屋なんて作れるんだな……風除《かぜよ》けくらいなら土魔法で作る奴を何度か見たことあるけどよ」

物珍《ものめずら》しそうに、できあがった小屋の周りをぐるぐると回りながら観察しているグレンさん。さっきもイモータルスネークで似たような行動をしていたな……気に入ってくれたなら、もう少し手を加えようか。

とはいえ、内装はスライム任せだし、あまり手の込んだ事もできない。できる範囲《はんい》で居住性を高めるなら……あれを試《ため》そう。

空間魔法でフィルタースライムを呼び出し、空気穴に投入。小屋になっているヒュージロックスライムにサイズを調整してもらえば、簡単な網戸《あみど》と空気清浄機《せいじょうき》の代わりになる。これで小さな虫の侵入《しんにゅう》は防げるし、魔獣が来たらロックスライムが穴を閉じて守ってくれるだろう。

さらに、追加で空気穴の前に――

「なんだその氷、食うのか?」

――と思ったら、グレンさんが入り口からこちらを見ていた。

確かに、かき氷に見えなくもないけど……

「これもスライムですよ」

用意したのは桶《おけ》に入った角氷、もとい昨年末の寒波（冷気）で進化した〝アイススライム〟と、誘拐犯《ゆうかいはん》から救出したお礼として子供たちに貰った〝スノースライム〟だ。

「この2種類はどちらも暑さを苦手としていて、冷気を好むという共通点がありますが、性質が少し違います」

まずアイススライムは体を維持《いじ》するための保冷能力が高く、比較的《ひかくてき》熱に強い。好む属性は氷と水。氷の体は周囲を冷やすこともできるが、それは接触した物体や空気などを介《かい》した間接的なもので、冷却範囲《れいきゃくはんい》は狭《せま》い。言ってしまえば、解《と》けにくい氷の塊《かたまり》。

一方でスノースライムは保冷能力が弱く、熱にも弱い。しかし、スノースライムは氷ではなく雪の体を持ち、氷と水に加えて風属性も好む。そのため少しだが周囲の空気を操《あやつ》ることができるし、なにより冷却《れいきゃく》できる範囲が広い。

「つまり、どういうことだ？」

「実際にやってみた方が分かりやすいですね。とりあえず中に入ってきてください」

グレンさんが完全に中に入ったら、ヒュージロックに指示をして入り口を閉じてもらう。そうすると当然中は暗くなるので、ライトで光源を用意して準備完了《かんりょう》。スノースライムに食事をしてくれと頼《たの》むと、その体から淡雪《あわゆき》が舞った。

「おっ？」

「分かりましたか」

「おう。涼《すず》しい……いや、風は冷たくねぇが、外みたいな蒸《む》し暑《あつ》さがねぇ」

「スノースライムにこの室内を除湿《じょしつ》してもらっていますからね」

樹海の環境《かんきょう》で体力を奪《うば》う要因の1つが、高温多湿《たしつ》な気候。そして湿気とは大気中に含まれている水分であり、凝結《ぎょうけつ》すれば雨、凍《こお》れば雪にもなる。スノースライムが周囲の空気から水分を集めて、雪を作って食べれば、結果として室内の湿気が減るというわけだ。

「あくまでも水分を集めることがスノースライムの目的ですし、無理をさせると冷気の出

しすぎで弱りますので、冷却範囲は狭い方が効果的です。また、スノースライムを守るために保冷能力の高いアイススライムと、冷気を逃がさないために結界魔法も使います」

2種のスライムが入った桶を、冷気は逃がさず空気の出入りは妨《さまた》げない結界で包む。すると狭い結界の上部には雲が生まれて、粉雪が降り始めた。入れ物が桶ではなくてガラスの球体なら、土産物《みやげもの》店で売っているようなスノードームに見えただろう。

「これいいな！　樹海の外みたいで過ごしやすいぜ！」

「湿気が多いとそれだけで不快感が増しますからね。あと、今は出入り口が塞《ふさ》がっていますが、外に出たい時は壁《かべ》に手を当てればスライムが通してくれますので、ご安心ください」

住環境はこれでいいとして、寝床《ねどこ》ができたら次は食事。事前に作っておいたレトルト食品で済ませればいいので、特に手がかかることはない。ただ小屋の中は狭い、というかグレンさんがデカすぎるので、調理は外だ。

風魔法で軽く草を刈《か》って、土魔法で地面を整えれば樹海も、見た目だけはキャンプ場に早変わり。焚火《たきび》をして鍋《なべ》を火にかけたら、クリーナースライムの全身洗浄《せんじょう》を受けながら、レトルト食品が温まるのを待つだけだ。

「んぐっ、すげぇな！　こんなところで、こんな飯にありつけるとは、思わなかった！」

「せめて飲み込んでから喋《しゃべ》ってください、あとおかわりも十分ありますから……」

レトルト食品を分けてみたところ、一袋目を開けたところで目の色が変わり、一口食べたらその後はガツガツと食べ始めた。この環境では、たとえ家庭料理レベルの食事でも贅《ぜい》沢《たく》になる。それはSランク冒険者《ぼうけんしゃ》でも同じだったようだ。

「とりあえず、お口に合ったようでよかった。ポーチの中から高級ステーキとか出してきたらどうしようかと」

「んなわけねぇだろ。冷えるし腐《くさ》るっつの。1日くらいなら街で買った物を持っていくこともあるが、しばらく籠《こも》る時は干し肉とパンだけだ」

それよりこれ、保存食なんだろ？　どこで買えるんだ？」

「これはとある貴族のツテで手に入れたもので、一般販売《いっぱんはんばい》はされていません」

「ほー……ん？　そんなもん見せてよかったのか？」

「躍《やっ》起《き》になって隠《かく》すほどのものではない。隠すために料理に力を割《さ》いたり不味《まず》い保存食を食べたりして、その後の集中力や行動に悪影響《あくえいきょう》を及《およ》ぼすよりはいい。そう言われているから大丈夫ですよ」

公爵《こうしゃく》家の方々が俺を心配してくれているのもあるが、利害の面で見ても〝レトルト食品〟と、それも含めて色々とやっている〝俺の命〟では、後者の方が重要ということらしい。

それに先日少し聞いたら、昨年の異常気象や増魔期の件もあって、レトルトに関しては導入を急ぐとのこと。少しずつ近隣《きんりん》の食糧支援《しょくりょうしえん》などで試験運用を始めて、シーバーさんとレミリーさんにも供給する事が決まっている。

「ほーか、面倒事にならねぇなら、安心して食えるな」

頬張《ほおば》りながら言われても、全く心配した様子は感じられない。しかもグレンさんはおもむろに、ポーチから凝《こ》ったガラスの酒瓶《さかびん》を取り出して封《ふう》を開ける。あまりに自然すぎて反応が一瞬遅《いっしゅんおく》れ、気づいたときにはもうラッパ飲みをしている。

……もうこの人の行動には慣れてきたので突《つ》っ込《こ》まない。多分死にはしないだろうし、もし酔《よ》い潰《つぶ》れていたら捨てていこう。

「ぷはっ！　やっぱ美味《うま》い飯には美味い酒だな！」

かなり凝ったガラスの瓶《びん》に、琥珀色《こはくいろ》のお酒。雰囲気《ふんいき》からして高級で強そうな酒を美味しそうに飲んでいるが、ここで彼《かれ》にしては珍しく、考えるように動きが止まり、ポーチに手を伸《の》ばす。

「……何か探してるんですか？」

「これは美味いが、それはそれとしてもっと肉が欲《ほ》しくなってな……干し肉がまだあったはずなんだが」

体質的に多くの食事が必要だということも考慮《こうりょ》して、レトルトのシチューは既に10人前用意してあるのだけれど、まだ足りないのか……肉といえば、イモータルスネークの肉が食用可能だったはず。まだしばらく樹海の活動は続くし、悪くなる前に食べてしまおう。

そうと決まれば、グレイブスライムに保管していたイモータルスネークを出してもらう。一度切り落とした体と、頭から再生した全身があるが、今日のところは切り落とした方を使おう。蛇《へび》の体も大きいので、解体だけでも十分に重労働だ。

なお、解体と調理の間には匂《にお》いにつられた魔獣《まじゅう》が襲ってきたが、そちらはグレンさんが追い返してくれた。かなり自由気ままだけど、味方につければ頼《たよ》りになる人だということは認めざるを得ない。

……それはそうと、美味しそうだ。拍子木《ひょうしぎ》切りにした肉が、熱された鉄板に触《ふ》れた瞬間《しゅんかん》から脂《あぶら》が溶《と》け出す。味を試す為《ため》に調味料もつけず焼いただけなのに、タレを塗《ぬ》った焼き鳥のように香《こう》ばしい。

「まだか？」

匂いにつられて、戻ってきたグレンさんが鉄板を覗《のぞ》き込んでいる。

「どれだけ焼くのが最適かも分かりませんし、火が通ればいいでしょう」

表面に焼き色がついた肉を一齧《ひとかじ》り。すると肉は簡単に噛《か》み切れる程柔《やわ》らかく、溢《あふ》れる程の肉汁《にくじゅう》を出して口の中で溶けていった。

焼いた時点でかなり脂が出ていたのに、肉汁のうま味はたっぷり。それでいて脂っこくなくてさっぱりした味わいで食べやすい！

「美味しいです」

「顔みりゃ分かる！　俺も食うぞ！」

「どんどん焼きましょう」

肉を追加。肉そのものが美味く臭《くさ》みもないので、調味料は少しの塩と胡椒《こしょう》だけでいい。これだけでいくらでも食べられそうだ。

「こいつは酒が進むな！　あー……これまで潰してきたのが勿体《もったい》ねぇ」

「そういえばミンチにしていたんでしたっけ」

「刃物《はもの》だとすぐぶっ壊れるからな。仕留める頃《ころ》には肉と泥の団子になっちまうから、倒せても食ったことはなかったんだよ」

そんな話をしながらも食事の手は止まらず、酒瓶が空になるとポーチからまた同じものが出てくる。

「そういや酒もそろそろなくなるな……リョウマ、酒も持ってないか？」

「自家製でよければありますよ」

「マジか。お前なんでも持ってるな。量はどのぐらいある？」

「すぐに飲めるだけでも、腐るほど」

従魔のゴブリンが酒好きすぎて、ディメンションホームの中で作り続けていることを簡単に説明しながら、火入れをして一升瓶《いっしょうびん》に詰《つ》めておいた白酒を渡してみる。するとグレンさんは、迷うことなく、またラッパ飲みでひと瓶飲み干した。

「強さも味も悪くねぇな。飲みやすいのと……なんか体に染《し》み渡るっつーか、スッとするんだが、よくわからんがいいな。これいくらだ？」

言葉以上に、表情が気に入ったと言っている。体に染みるというのは、白酒に含まれる栄養素のせいだろう。白酒は作り方が日本酒に近く、作りたては甘酒《あまざけ》のような味わいがあり、アミノ酸などの栄養素も豊富。江戸《えど》の夏には冷やし甘酒売りがいたという話があるくらいだし、樹海でも暑気《しょき》払《ばら》いには適していると思う。

しかし、売るとなると適正な値段がわからない。そもそも自家消費用なので、売り物として作ってないのだと答えると、グレンさんはポーチからさっきの酒瓶を5本取り出した。

「んじゃこっちの残った酒と交換《こうかん》してくれ。俺も値段はよく見てねぇが、街の高い酒屋で〝高くていいから美味いやつくれ〟って言って買った奴《やつ》だから、味も値段もそれなりのはずだ。保存食代も含めてどうだ？」

「そういうことなら、今すぐに用意できる分が同じ瓶で50本。明日までに倍は用意しましよう」

「おし！　交渉成立《こうしょう》だな！」

アイテムボックスから残りの白酒を全部出して渡す。お互《たが》いにお互いの商品価値を分かっていないが、それが逆にあれこれ考えなくていい。お互いが取引に満足できていればいい。シンプルかつスムーズで楽だ。

「あ、今後購入《こうにゅう》するならファットマ領でちゃんとした物を買った方がいいですよ。本物の職人さんが作ったものとでは、やっぱり美味しさが違《ちが》いますから」

「ファットマ領か。前にどこかで聞いた気がするが、行ったことはねぇな。今度行ってみるか」

それからグレンさんは酒と肉を喰《く》らいながら、Sランク冒険者としての色々な話をしてくれた。内容的には正直、参考にはならないというか、この人だから許されたような気がすることも多々あったけれど、それでも興味深くはあった。

樹海の中でたった2人。基本的に自分勝手な相手故に、こちらもあまり気を使う気にならない。たまに魔獣が襲ってくればその都度追い返す。騒がしくて気楽な焼肉パーティーは夜遅《よるおそ》くまで続いた。

9章17話　到着

翌朝。

「オラァ!!」

今日も朝から密林の中をひたすら歩いているが、進むペースは昨日よりも速い。原因はひとえに、グレンさんが絶好調であること。昨夜はかなりお酒を飲んでいたので若干《じゃっかん》の心配はあったけど、むしろ元気になっている。

〝やっぱ美味い飯と肉を腹一杯《はらいっぱい》食って、酒を浴びるほど飲んで寝ると調子がいいな！〟

今朝、開口一番にそう言われて納得したが、魔《ま》法《ほう》道具に食料の用意があるとはいえ、彼も樹海の中では飲食に制限を設けなければならなかったのだろう。それは体質的に大量の食事が必要な彼にとって、力を発揮し辛《づら》くなる要素だったはずだ。

昨日は俺が好き放題飲み食いさせて、ついでにまともな部屋で眠《ねむ》らせた。それで本来の力が発揮できるようになったのだと思う。昨日の時点で本調子じゃなかったというのも、それはそれで驚きだが。

「ちょっと待て」

グレンさんが突然《とつぜん》足を止めた。敵に気づいたら避けることも隠れることもせず、ひたすら突っ込んでいく彼にしては珍しい。

昨日の食事中に聞いた話だが、彼がSランクという高みに到達《とうたつ》できた理由は2つあり、1つはもちろん体質による肉体強化。そしてもう1つは、彼自身が持つ〝直感〟スキルにあるそうだ。

〝直感〟はそこまで珍しいスキルではなく、冒険者でない一般人《いっぱんじん》にも持つ人はいる。しかし、彼の場合は物事を深く考えるのが得意ではない性格故に、常人なら死亡確定の修羅場《しゅらば》を肉体のスペックでゴリ押《お》しして生還《せいかん》し続けた〝経験〟によって磨《みが》き上げられ、今では大体の状況《じょうきょう》が高精度で〝なんとなく分かる〟ようなのだ。

「なんかこの先、面倒《めんどう》くさそうだぞ」

「面倒ってことは、強い魔獣がいるわけじゃないですね」

「ああ、ウザそうな感じだ」

弱い魔獣が大量にいるタイプかな？　でもラプターなら移動が多いはずだし、巣があるならグレンさんはむしろ突っ込んで行きそうだから、他の魔獣となると。

「迂回すれば回避《かいひ》はできそうですか？」

「たぶんな」

「だったらこの先にいるのは〝グラトニーフライ〟かもしれません」

「何だそいつは」

「簡単に言うと、大型で肉食の蝿《はえ》ですね。大型と言っても最大5センチくらいですが、鋭《するど》い牙《きば》のある顎《あご》を持っています。動物を見つけると生死に関係なく群がって、その肉を食い千切り、巣に戻《もど》る。それを対象が骨になるまで繰《く》り返します」

喩《たと》えるなら、空を飛ぶピラニアだ。

1つの傷が蝿の体格相応に小さいために死ににくく、生きたまま食われる状態になりやすいこと。食べ残しを巣で腐らせて子供に与《あた》えているため、噛まれると細菌感染《さいきんかんせん》の危険があること。逃走《とうそう》に成功しても、出血による体力の消耗《しょうもう》や他の魔獣を引き寄せる可能性が高いことなども考えると、ピラニアよりも恐ろしいかもしれない。

巣を中心とした縄張りに入らなければ襲ってくることもないので、縄張りに入らないようにするのが最も無難な手だが……幸い、今回はだいぶ余裕《よゆう》を持って気づけた。あらかじめ準備をしておけば、通ることは難しくない。

結界魔法で雨避《あまよ》けの内側にもう1つ、生物を対象とした雷《かみなり》属性の結界を張る。あとは緊急《きんきゅう》時のために、ここにストーンスライムを一匹配置して準備完了。

「あっさり終わったが、こんなんでいいのか？」

「グラトニーフライの顎は脅威《きょうい》ですが、体は普通の虫と変わらないので耐久力《たいきゅうりょく》も相応だそうです」

だから攻撃《こうげき》もヒットアンドアウェイ。高速で接近して素早《すばや》く肉を食いちぎったら、逃《に》げていくのだそうだ。今回の対策はそんな習性を利用して、自分達《たち》の体を餌《えさ》に、雷の結界に突っ込ませて自滅《じめつ》させる。昔のコンビニによく置かれていた電撃殺虫器のようなイメージだ。

「仮に失敗しても、空間魔法でここまで戻ってくれば何とかなるでしょう。グレンさんは噛まれたとしても平気そうですし」

「まぁ、面倒なだけでヤバい感じはしねぇな」

「あと、グラトニーフライと共生関係にある〝ホテル・ラフレシア〟は高く売れますよ」

「マジか。なら行かない手はねぇな」

現金なグレンさんが、足を止める前よりもペースを上げて突き進むと、不快な羽音が聞こえてきた。小さな虫が群れになり、雲のように湧《わ》き出てくるが……結界に触れた個体から、バチバチと弾《はじ》けて死んでいく。

「リョウマ！　その、なんたらって魔獣はどんな奴だ⁉」

「真っ赤な花を探してください！　それがホテル・ラフレシアです！　グラトニーフライの巣でもあるので、蠅が飛んできた方向にいるはずです！」

「あれか！」

1匹《ぴき》でも鬱陶《うっとう》しいが、無数に集まると羽音がうるさい。声を張り上げて情報を伝えると、グレンさんはすぐに対象を見つけたようだ。

「おっしゃ取ったぞー！」

飛んで行った彼の後を追うと、彼は自分を絞《し》め殺そうとした蔓《つる》を逆に引っ張り、ホテル・ラフレシアを樹から引きはがしていた。

「これが売れるんだな？」

「あの、売れるのは花弁の部分だけなので、必要なところだけ切り取って行きましょう」

巣と自身を脅《おびや》かされた魔獣達が必死に抵抗《ていこう》しているが、グレンさんはまったく気に留《と》めずに俺の前に持ってきた。

瀕死《ひんし》の状態だが、巨大《きょだい》な花からのびた蔓をウネウネと触手《しょくしゅ》のように蠢かせるホテル・ラフレシア。その中心にある大きな穴には、グラトニーフライの幼体……つまりはウジが大量に湧いているので、まじまじと見たいものではない。

刀で手早く花弁部分を切り取ったら、残った巣の部分は遠くの樹の根元にリリース。その後はすぐにグラトニーフライの縄張りから離《はな》れて、小休止がてらクリーナースライムに全身洗浄をお願いすることにした。

「いいな、これ」

「グレンさんもスライムの魅力《みりょく》が分かりましたか」

「楽だからな。風呂《ふろ》が嫌《きら》いってわけじゃないが、時間かけて入ろうとも思わねぇし」

「ああ、確かにグレンさんは長湯するタイプには思えませんね」

確かに、カラスの行水タイプの人にも好まれるだろう。俺も前世でクリーナースライムを飼えていたとしたら、ヘビーユーザーになっていたと思う。お風呂でじっくりと温まるのは気持ちがいいけれど、時間的・体力的な余裕があるかは別だから……

「で、この花はどのくらいで売れる？」

「僕《ぼく》も資料を読んだ限りですが、1体分でも屋敷《やしき》が買えるとかなんとか」

「こんな花がか？　いつも思うが、貴族は変なものに金出すんだよなぁ」

「まぁ、こんな樹海の奥地に生息する魔獣ですし、グラトニーフライの危険もあるので、普通なら取ってくるのは難しいのでしょう。取ってこられる人がいなければ、お金を積んでも手に入りませんし、お金で手に入るだけ安いという考え方もあるかと」

ちなみにホテル・ラフレシアの花弁から取れる赤い染料《せんりょう》は〝ノーブル・ブラッド〟と呼

ばれているらしい。名前の由来は、鮮血《せんけつ》のような美しい赤色に染まるから。またはホテル・ラフレシアの生態を、平民から税を徴収《ちょうしゅう》して贅沢をする貴族になぞらえた皮肉など、色々な説があるのだとか。

そんな話をしつつ、移動を再開。すると、また進行方向に変な気配があるようだ。

「この感じは……人っぽいか？」

「こんな所に人ですか？」

「ああ、集団って感じじゃねぇな。1人、いやこれ本当に人か？」

……俺達も元は1人でここに来ているわけだし、誰かが居てもおかしくはないが……

「アンデッドの可能性は？」

「それはないと思うぞ。アンデッドならもっとこう、空気がドロっとした感じだからな。リョウマこそ、さっきみたいに心当たりねぇのかよ」

「こちらも人っぽい魔獣なんて、アンデッド以外には知りません。事前情報にもなかったですし……」

コルミ村にもだいぶ近づいたから、アンデッドが流れてくる可能性はあると思うが……とりあえず正体不明ということで、警戒《けいかい》を強めて足を進める。やがて放熱樹の根元で傷だらけの鎧《よろい》を着用し、体の至る所から血を流して倒《たお》れている男性冒険者の姿が見えた。動く様子を見せないので、死体かと疑ったその時。男がうめき声をあげる。

「う……」

「『ライトボール』」

問答無用で光魔法を放つ。

グレンさんはアンデッドではないと言っていたが、この樹海の中、あの出血で動けなくなっていれば、血の臭《にお》いですぐに他の魔獣が襲《おそ》って来るはず。仮に人であったとしても、あの出血では自分で返答できるような状態でもないだろう。これが1番手っ取り早く確認《かくにん》できる。

ライトボールは真《ま》っ直《す》ぐに男に当たったが、男には何の変化もなかった。消し飛ぶ事も苦しむ事もないという事は、生きた人間なのか？　アンデッドでないのなら、人の形が残っている状態で他人と遭遇《そうぐう》できるのは奇跡《きせき》としか言いようがない。

「どうする？　なんか怪《あや》しいが」

「回復魔法が使えますし、僕が行ってみます。

大丈夫《だいじょうぶ》ですか？　聞こえますか？」

警戒しつつも男に近づく。意識の有無《うむ》を確かめるために駆《か》け寄る時に声をかけてみたが、うめくだけ。襲ってくる様子もなく、体の側まで到達。傷の状態を見るためにスライムの力を借りるが、傷だらけである事以外、体におかしな所はない。

「『ハイヒール』」

特に出血が酷《ひど》い手足に回復魔法をかけて、初めて違和感《いわかん》を覚えた。

〝出血が止まらない〟

「⁉」

意識が逸《そ》れた瞬間、男の体が崩れた。体中の骨がなくなって柔《やわ》らかく、ミミズがのたうち回るように、人なら胸を張る様な体勢で俺にのしかかろうとする。

「ふんっ！」

反射的に風の拳《こぶし》で殴《なぐ》り飛ばすと、飛ばされた〝何か〟は背にしていた放熱樹にぶち当たり、やわらかいゴム人形のように崩れ落ちる。間髪《かんはつ》容れずに刀を抜《ぬ》いて、火を纏わせて右足から左脇腹《わきばら》にかけて胴体《どうたい》を二つに叩《たた》き斬《き》った。

しかし、〝何か〟はそれを気にした様子もなく、すぐさま逃走を試みるようだ。昨日のアンデッドスネークのように再生こそしていないが、人の上半身が下半身を放り出して腕《うで》の力のみで俺から離れるために這《は》いずりだすのは、ホラー映画さながらの光景。

だが次の瞬間、〝何か〟は完全に人の形ではなくなり、小さなテイクオーストリッチの姿に変化した。

「あっ⁉」

〝何か〟は本物のテイクオーストリッチさながらの速度で逃走を始めるが、逃がすつもりはない。たった今、なくなった！

「『バリケード』！　『バインドアイビー』‼」

樹木で壁を作って〝何か〟の逃げる方向を限定し、蔦《つた》を操り捕獲《ほかく》に成功。この2つの木属性魔法は植物を生やすか周囲の植物を利用して使う魔法であるが故に、周囲に木々が少ない場所だと非常に使い辛いけれど、この樹海の中なら問題にならない。

「おっと、逃がすか！」

蔦に搦《から》め取られた〝何か〟が、再び体を崩れさせて蔦から逃《のが》れようとしていた。再び逃げられる前に、従魔契約《けいやく》を行使する。

「！」

「おっ、止まったな」

従魔契約が終わると〝何か〟はピタリと動きを止めた。俺と〝何か〟の間に魔力のつながりが生まれ、契約に成功した事を確信する。

「なんなんだ？　こいつは」

「どうやら、スライムだったみたいです」

魔獣鑑定《かんてい》を使うと“何か”の正体が明らかになる。

ミミックスライム

スキル　擬《ぎ》態《たい》（10）　擬態対象記《き》憶《おく》（2）　高速移動（8）　肉食獣誘《ゆう》引《いん》（2）　肥大化（7）　縮小化（7）　捕食《ほしょく》（3）　消化（4）　吸収（4）

「擬態がLv10……人間の上半身からテイクオーストリッチに変わる時、一瞬だけスライムに戻ったので気づけました」

「へー、そんなスライムもいるのか。動きはともかく、見た目は完全に人間だったが」

「最初は体の中身も完全に人間でしたよ。診断《しんだん》のために観察していても、違いが分かりませんでしたから……いや、この高速移動スキルにテイクオーストリッチの姿で素早く逃げ出そうとしたところを見ると、擬態した状態では擬態した相手の能力まで再現できるのか？　肉食獣誘引スキルはテイクオーストリッチのスキルでもおかしくないし……」

スライムの姿に戻っていたミミックスライムに、テイクオーストリッチになるように指示。その辺を軽く走らせたところ、その速度はやはり本物のテイクオーストリッチそのものだった。

「これは凄《すご》いな……使い道が多そうだ」

「ったく、ここはおかしな魔獣ばっかりだな」

擬態と一緒《いっしょ》にある擬態対象記憶スキル、これはそのまま擬態する対象を記憶するスキルだと思う。というのも、ミミックスライムが他には何に擬態できるか確かめてみたらテイクオーストリッチとラプターの2種類にしか擬態できなかったから。

先程《さきほど》の男の姿は一回きりだったようで、もうあの姿にはなれないらしい。多分、何らかの条件を満たさないと自由に擬態できないのだろう。

単体で肥大化と縮小化スキルを持っているのは意外だったが、これはおそらく擬態する対象の大きさにサイズを合わせるためだと思う。擬態してないスライムの姿はバスケットボール位の大きさだ。このサイズで擬態しても手乗り魔獣になるだけで、外敵を騙《だま》せるとは思えない。

最後に捕食スキル、これは……

「おい、先進まないのか？」

「っと、すみません。ついこのスライムの生態が気になって」

「研究者ってのはよくわからん奴らだな……」

「あれ？　スライムの研究してるって話しましたか？」

「聞いてはいねぇが、今のお前みたいな奴がしつこく依頼《いらい》を受けてくれって言って来るからな。昨日からスライム出しまくってたし、あれ見てたらわかるさ」

そういうことか。Sランクだと国からの依頼もあるだろうし、中には研究用のサンプル採取などもあるのだろう。彼は受けないだろうけど。

とりあえず一件落着したことだし、ミミックスライムの研究はまた改めて、たっぷりと時間を取って行おう。

■■■

密林の中を再び進み、そして4時間が経過。このあたりから、放熱樹を除く密林の草木が倒されている様子が目立ち始めた。

「この辺は歩きやすいな」

「もうすぐ湖がありますからね」

チェックポイントの湖には、水場を中心に活動する大型の魔獣が多数生息している。その内の1種〝キャノンボールライノス〟は平均的な体長が5m程《ほど》の巨体《きょたい》かつ、群れを作る。そんな彼らや彼らと同等の巨体を持つ魔獣達が移動すれば、その後には踏《ふ》み荒《あ》らされた跡《あと》が残るのは当然だろう。

「へぇ、ここは大型魔獣がよく来るのか。その、キャノンボールなんたらってのはどのランクだ？」

「単体ならBですが、体を覆《おお》う皮膚《ひふ》と体毛が甲冑《かっちゅう》より遥《はる》かに強靭《きょうじん》で、魔法への耐性《たいせい》もある。巨体に似合わず足も速いですし、成体になると無属性魔法の肉体強化まで使います」

頑強《がんきょう》で重い体。それに負けないパワーに強化魔法。全部が1つになって行われる突進《とっしん》の威力《いりょく》は凄《すさ》まじく、直撃を喰らえばまず致命傷《ちめいしょう》。過去の記録によれば、樹海から迷い出た個体が突進で街の門や外壁《がいへき》を突き破《やぶ》ったこともあり、〝壁砕《かべくだ》き〟なんて異名もあるくらいだ。

「尤《もっと》も、キャノンボールライノスはこの樹海では珍《めずら》しく温厚《おんこう》な魔獣ですし、他の魔獣がいても今回はできるだけ避けましょう」

「仕方ねぇな。でも見つかっちまったらしょうがないよな？」

「……まぁ、その場合は……」

避けようとは言ったけど、この人が敵を避けるとは思えない。隠れてやり過ごす姿は、さらに想像できないので、遭遇しないことを祈《いの》ろう。

情報共有をしているうちに、件《くだん》の湖が見えてきた。

「……何も居ないな。よし」

魔獣が居ないうちに、さっさと通り抜けてしまおう。

「ここから湖沿いに東へ進むと、細い支流があります。そちらに沿ってまっすぐ、このペースなら1時間も進めば目的地のコルミ村に着くはずです」

「ってこたぁ、今日中には着けそうだな」

用意しておいたコンパスで方位を確かめ、東に進む。道中は何度か魔獣の襲撃《しゅうげき》を受けたけれど、ここに至って慌《あわ》てることもない。たまに奇襲《きしゅう》をかけてくる、皮膜《ひまく》が刃《やいば》のように鋭いムササビの〝ブレードラット〟が少々邪魔《じゃま》なくらいだ。

……あれは一見小さくて可愛《かわい》くて、街で愛玩《あいがん》動物として売れそうな見た目ではあるけれど、滑空《かっくう》しながら容赦《ようしゃ》なく首を狙《ねら》う樹海の暗殺者だ。グラトニーフライもそうだが、魔獣は小さいからといって侮《あなど》れる相手ではないと心底思う。

「おい……今度はちゃんとアンデッドがいるみたいだぞ。しかも大量に」

俺も段々と生き物の気配が減っていることを感じる。いや、ここまでが樹海の生物の生命力に満ちていたというべきか？　ここまでくると、はっきりと分かる。そして、コルミ村が近いことも。

「早速《さっそく》来やがったぞ」

「アンデッドは僕が光魔法で対処します。グレンさんは道を作ってください」

俺達《おれたち》が草をかき分ける音に反応したようで、1体のゾンビがこちらを向く。今度は生きた人間でないことが明らかだ、腹部が大きく抉《えぐ》れて喉笛《のどぶえ》を何かに噛みちぎられている。

「『ライトボール』」

近づいてくるまで待つ必要はない。放ったライトボールが綺麗《きれい》にゾンビの頭部に着弾《ちゃくだん》し、頭を消し飛ばす。これでこの場は問題なく済むが……

「シュラーッ！」

「ヒュー……ヒュー……」

「ガルルルゥ……」

「『ライトショット』！」

小川沿いの移動は、アンデッド系魔獣との連戦になった。それも人間より魔獣の死体がアンデッド化した〝ビーストゾンビ〟が多い。これまでの道中で出てきた魔獣が、全部アンデッドになって再登場したような感じだ。

なんかこういうゲームがあった気がするけど……全然嬉《うれ》しくないな！

「臭《く》っさッ！　ゾンビは素手《すで》で殴りたくねぇんだがなぁ……しかし、なんでまたこんな数のアンデッドがいるんだ？」

「コルミ村が発生源になっているのでしょう」

ライトショットを連発し、周囲のアンデッドを吹《ふ》き飛ばしながら、グレンさんが切り開いた道を突き進み……

「門が見えたぞ！」

転生から４年。樹海に入って６日目にして、俺はとうとう今生の故郷《こきょう》にたどり着いた。

9章18話　遺産回収

目の前には、かつて栄えていたことを表している重厚な門。そして、門に繋《つな》がって伸びる防壁の残骸《ざんがい》があった。大半が蔓に覆われ、または放熱樹の根に浸食《しんしょく》されたことで崩れているが、廃墟《はいきょ》になっても当時の威光《いこう》がどことなく感じられる気がする。

……が、今はのんびりと観光をしている場合ではない。村に近づくにつれて飢渇《きかつ》の迷宮《めいきゅう》のような、陰鬱《いんうつ》で独特な澱《よど》みのある空気をはっきりと感じた。この門の内側から漏《も》れ出ているのだろう。

「門の中には入らないで！　外壁に沿って右に回り込んでください！　まずは拠点《きょてん》にできる場所を確保します！」

「分かった！」

方向転換《てんかん》をしたグレンさんが道を切り開き、一気に駆け抜ける。

「この辺のはずです！　適当な亀裂《きれつ》から中に入りましょう！」

「適当な……見当たらねぇからぶち抜くぞ！」

宣言した時、彼は既《すで》に瓦礫《がれき》を取り込んだ植物の防壁を殴り始めていた。一発ごとに轟音《ごうおん》が響《ひび》いてアンデッドを引き寄せているが、飛び散る石材や植物の残骸を見るかぎり、かなりの速度で壁の中を掘《ほ》り進んでいるようだ。

「『フラッシュボム』……味方であれば頼《たの》もしいんだよな……」

「こいつで仕上げだ！」

光魔法を炸裂《さくれつ》させて時間を稼《かせ》いでいると、一際《ひときわ》大きな音と共に大穴が開く。どうやら最後に飛び蹴《げ》りをしたようで、そのまま壁の向こう側に飛んで行った彼を追って村に突入。ここにもアンデッドが散見されるが……それ以上に目を引いたのは、一軒《けん》の家だった。

長い間生きた人間が立ち入らなかった村は、当然樹海の植物に浸食されている。にもかかわらず、その家がある一帯は他と比べて浸食が明らかに少なかった。生えているのは雑草程度で、家の荒れ方も比較的《ひかくてき》少ないので、そこだけが浮《う》いて見える。

「『ホーリースペース』『ディメンションホーム』」

目的地に到着したので、レミリーさん直伝のホーリースペースで安全地帯を確保。さらにライトスライムとグレイブスライムを総動員する。スライムは足が遅すぎるので移動しながらの戦闘《せんとう》では邪魔になってしまうけれど、移動する必要のない状況であれば存分に力を発揮できる。そうなればもう、戦闘ではなく作業だ。

アンデッドをグレイブスライムの死霊誘引《しりょう》でおびき寄せて呑《の》み込ませ、暴れる奴は俺とライトスライムが光魔法で撃《う》ち倒す。アンデッド以外の魔獣が来れば、スライム達を守りつつ俺かグレンさんが仕留める。

問題は特になかったが、強《し》いて言うなら今回のアンデッドは随分《ずいぶん》と暴れる奴が多かった印象。亡霊《ぼうれい》の街のアンデッドよりも、しぶとく死霊誘引に抵抗していた。これも例の魔獣の影響《えいきょう》なのだろうか？　少し気になるが、まぁいいだろう。

それよりも、やらなければいけないことが沢山《たくさん》ある。

「中の確認を済ませて、今日はここで休みましょう」

スライム達を合体させて敵の侵入《しんにゅう》を防ぐ門番を担《にな》ってもらい、祖父母の家、そして実家に踏み込む。室内は当然のように荒れ放題《ほうだい》で、内装も簡素。とてもじゃないが賢者《けんじゃ》や武神と呼ばれた立派な方々が住んでいた家には見えない。

外観はそれなりに大きいが、四角い箱に5本の煙突《えんとつ》が付いているだけの簡素な建物。壁の材質は岩で、屋根や窓には放熱樹と思われる木材。まるで大きな岩をくり抜いて作られた様に見えるので、おそらく祖父母の土魔法で作られているのだろう。

……一見ボロボロに見えたが、壁は古い見た目に反して頑丈《がんじょう》で、ビクともしない。住人が居なくなって長いのだろうけれど、安心感がある。天井《てんじょう》と床《ゆか》は腐敗《ふはい》してもうダメそうだが、これは仕方がないだろう。

そう思った直後。背後でギシッ！　と床板が一際大きく軋《きし》む。

「あっぶねぇ、踏み抜くとこだった……しかし酷いな。古くなっているのは当然としても、なんつーか、ただ古いだけとか魔獣が入ってきたとかじゃなくて、人に荒らされたみてぇな跡があるぞ」

「実際にそうだと思いますよ。ここに住んでいた人達も、最後の方は最前線拠点にいた人達と同じでしたから」

「ああ、あの連中か」

「ここの住人は強かったので、彼《かれ》らがいた時は手出しを受けませんでしたが……人が居なくなれば関係なかったんでしょうね」

壁に備え付けられた戸《と》棚《だな》を見ると、天井付近の高さにあるにもかかわらず、鍵《かぎ》が壊《こわ》されている。周囲の傷跡《きずあと》から推察するに、切れ味の悪い斧《おの》のようなもので何度も叩いたのだろう。魔獣に荒らされたのであればつくはずのない位置に、つくはずのない傷がついている。

「あいつらみたいな連中なら、隙《すき》がありゃ躊躇《ちゅうちょ》なく盗《ぬす》むだろうしな。つかお前、ここに来たことがあったのか？」

「そういえば話していませんでしたね。まだ人が居た頃の話ですが、僕はこの村に住んでいたんですよ。ここは実家です」

そう答えると、彼はそうだったのかと納得《なっとく》したようだ。俺としては事情の説明もなく、こんなところまでついてきたことの方が驚《おどろ》きだけど……彼にとってはどうでもいいのだろう。こちらとしても深く追及《ついきゅう》されないのは助かる。

「壊れてない物、使える物は根こそぎ持っていった感じですね」

「マジで空っぽだな。アンデッドも隠《かく》れられねぇだろうが——あ」

とうとう、グレンさんの体重に耐《た》えられないほど腐食した床があったようだ。彼に怪我《けが》はないけれど、左足が膝《ひざ》まで床に埋《う》まっている。

「チッ、こりゃダメだ。俺は外に出とく。この床だし、部屋の中じゃどのみち暴れにくいからな。魔獣《まじゅう》の片付けにスライム借りるぞ」

「了解《りょうかい》。適当なところに投げてまとめて置いてくれれば、処理するように指示しておきます」

グレンさんと別れてさらに室内を進み、アンデッドの確認と侵入防止の処理を行う。そして最後の部屋であり、この家で最も重要な場所に到着。

壊れた薬棚や机に、3つの大きさが違う竈《かまど》が並んでいる調剤室《ちょうざい》だ。ここで賢者と呼ばれた祖母が薬を作っていたんだろう。外から見えた5つの煙突の内、3つはここの竈に繋がる煙突だ。残りの2つは台所と、祖父が使っていた鍛冶場《かじ》に繋がっている。

「ここだな」

3つの内、一番大きな竈は大人が楽に入れそうだ。この中に放置されている、積もった薪《まき》の灰や燃え残りを掻《か》き出す。少し深く掘り下げられているせいで時間がかかるが、やがて露出《ろしゅつ》した竈の底には、丸い線とその横に付いた2つの溝《みぞ》が掘られていた。ここが祖父母の遺産の隠し場所、その入り口だ。

竈の中に入り、溝に両手をさしこみ、指先を引っ掛《か》けて真上に引き上げる。するとゴリゴリと音を立てながら、底から石の円柱が抜けていく。そして太もも辺りまで持ち上がった所で円柱は完全に抜け、床にはポッカリと空いた地下通路があった。

円柱を一度外に置いて、暗い通路にライトボールを放ってみる。大体、底まで3mくらいか？　周りは全部壁と同じ様な石みたいだ。所々凹《くぼ》んでいるから手がかり足がかりは十分ありそう。念のために一度風魔法で換気《かんき》をしてから、通路に入る。

……光魔法で明かりを灯《とも》すと通路は短く、すぐそこが広くて大きな部屋になっていた。しかも長く放置されていたはずなのに、風化もしていなければ蜘蛛《くも》の巣や埃《ほこり》も溜《た》まっていない。ガイン達から罠《わな》はないと聞いているが、何かの魔法はかかっていそうだ。

この家の周囲だけ植物に浸食されていなかったのも、この隠された地下室のせいで、深くまで根が張れなかったのではないだろうか？

「部屋は倉庫っぽいな」

部屋には中身がぎっしり詰《つ》まった本棚や、大量の武器が入った樽《たる》。あとは中身の分からない箱や袋《ふくろ》が置いてある。また、それらの手前、つまりその大量の物と俺の間には石の机があり、その上には薄《うす》い本の様な物があからさまに、目に付く様に置かれていた。

手にとってみると、本ではなくて紙を何枚か束ねただけの冊子。執筆者《しっぴつしゃ》は武神と呼ばれた祖父・ティガル。思いついたことを書き殴ったようで、お世辞にも綺麗な字ではないし読みにくい……が、内容がこの場所を見つけた人間への遺言状《ゆいごんじょう》であることはすぐに分かった。

「少し腰《こし》を落ち着けて読んでみるか……」

……最初は祖父母がこの村に来るまでの経緯《けいい》を簡単に……より正確に表現するなら〝ざっくりと〟書いてある。

まず、祖父母が武神・賢者と呼ばれ、人々からの評価と尊敬を受けていたことは言うまでもない。当時の貴族や商人からの勧誘《かんゆう》が絶えなかったことも、その中に不当な手段を取る者がいたことも、想像するに難《かた》くない。

例示というより愚痴《ぐち》が続いているので読み飛ばすが……どうやら以前の俺と同じように、

人間社会で生きることに辟易《へきえき》して、他人が容易に入ってこられない場所に、仮に見つかっても連れ戻せない場所に隠れ住むことにした。

行き先はどこでも良かったが、色々と検討しながら渡《わた》り歩き、最終的にたどり着いたのがこの村。最前線拠点と同じように困窮《こんきゅう》していた村では身分や名声に意味がなく、村の防衛や収入源の確保に力を提供したりすれば、村内での自由は保障されたという。

「人目を避《さ》けて、メーリアが心置きなく薬の研究ができる場所。ここ以上に適した場所はなかった……か」

前半の内容はここまでで、後半は祖父母の遺産について。

「妻が先に亡《な》くなり、自分ももうじき寿命《じゅみょう》が尽《つ》きそうだ。この部屋にある物はもう使い道がない。しかし、思い出の品や妻の研究成果が、この村の強欲《ごうよく》村長の手に渡るのは我慢《がまん》がならない。しかし処分もできない。だからこの部屋に隠す……こんなところだな」

その後は〝この部屋を最初に見つけた者に、この部屋にある全ての物を譲《ゆず》る〟という旨《むね》や、遺品の目録。できれば村人じゃない、見ず知らずの奴《やつ》に見つけて欲《ほ》しい。妻の研究成果はそれを活《い》かせる人間、あるいは然《しか》るべき場所に持って行って欲しいという希望。いくつかの品物に対する注意点が書かれていた。

「……ティガルさん、遺産はありがたく頂きます。メーリアさん、薬の研究は俺が引き継《つ》がせて頂きます。２人とも、どうか安らかにお眠《ねむ》り下さい」

読み終えた遺言状と遺品に向けて黙祷《もくとう》を捧《ささ》げ、遺産を全てディメンションホームの中に回収する。中身の確認は後でゆっくりとやろう。

9章19話 討伐は明日から

「グレンさ――」

「遅かったな」

「――うわっ」

遺産の回収を終えて外に出ると、グレンさんがグレイブスライム達の前にアンデッドの山を築いていた。

「こいつら、いくら潰《つぶ》しても出てくるからキリがねぇ。昨日の部屋と体洗う奴を貸してくれ」

拳を中心に返り血まみれになり、スプラッター映画にでも出てきそうな状態の体を見れば、不快なのは聞くまでもない。落ち着いて話すためにも一度さっぱりしてもらおう。

「助かったぜ、ようやく一息つけた気分だ」

「血みどろでしたからね……」

「まったくだ。しかしなんでこんな所に、あんなにアンデッドがいるんだ？」

それについては例の魔獣のせいだろうから、簡単に説明しておこう。

「昔から村の中心にある屋敷に住み着いている魔獣がいまして、そいつがアンデッドを生み出す能力を持っているんです。その魔獣を何とかするのも、今回この村に来た理由の1つです」

「ほー、村人の弔《とむら》い合戦《がっせん》ってところか？」

「いえ、そこまで親しかったわけではないので。遺産を取りに来たついでに、少し掃除《そうじ》をするくらいですかね？　この辺の植物も採取して持ち帰りたいですし、家も手入れをして今後の拠点にできれば尚良しです」

「ってことは、ゾンビを殴り続けることになるのか……」

グレンさんは露骨《ろこつ》に嫌《いや》そうに顔をしかめる。先程の状態を思い浮かべたのだろう。

「そうだ、ついさっき見つけたものがあったんですよ」

アイテムボックスから、遺産回収中に見つけた武器を取り出す。それはグレンさんが持っていたものよりも一回り大きくて、黒く鈍《にぶ》い輝《かがや》きを持ったハンマーなのだが……これを見た時、かつて親父《おやじ》が打っていた刀に近い〝風格〟というべきものを感じた。

厳密に言うと、地下にあった武器類は全てそれなりの風格を漂《ただよ》わせていたのだけれど、このハンマーは他の物とは別格だ。しかし、俺はこういう重量武器はあまり使わない。あと、アンデッドとの戦闘の度にあの状態では、見ていて衛生的に心配になる。

「ですから、壊れたハンマー代わりにグレンさんが使ってみてはいかがかと思って」

仮に粗悪品《そあくひん》だったとしても、アンデッドを素手で殴るよりはいいはず。成り行きで付いてきたわけだし、アンデッドの討伐に協力してくれるなら貸してもいい。そう考えて見せてみると、グレンさんも何かを感じたようだ。神妙《しんみょう》な様子で地面に立てたハンマーの柄《え》を握《にぎ》り、そのまま持ち上げる。

……その動きはこれまでよりも僅《わず》かに鈍いけれど、彼は両手で、片手で、軽く振《ふ》ったり力を入れたり。動きを確認するように何度かハンマーを振り回す。そして最後に手近な放熱樹へと向かい、振りかぶった次の瞬間《しゅんかん》。

「フンッ‼」

壁のような幹が弾《はじ》け、大きなクレーターが刻まれた。

「グレンさんのパワーが凄いのか、それでも倒れない放熱樹が凄いのか……いや、あれじゃ」

また壊れるという言葉が頭に浮かんで、消えた。周囲の薄暗さと衝撃《しょうげき》で舞《ま》った粉塵《ふんじん》の先に、グレンさんの笑顔《えがお》とその手元で形を保っているハンマーが見えたから。

「あの衝撃に耐えた？」

「おい！　これ最高だな！　どこで手に入れたんだよ」

「いや、だからこの家ですって。祖父母の遺産の中にあったやつです」

「遺産ってお前、こんなもん持ってる爺《じい》さん婆《ばあ》さんって何者だよ……これアダマンタイトだろ」

「分かりますか」

「こういう重い打撃武器を作るなら、アダマンタイトは最高に近い素材だ。そのくらいは俺でも知ってる。つーか、俺の武器にも使われてるしな」

グレンさんは、片手でポーチから折れたハンマーを取り出す。それを観察すると、確かによく似た金属だ。若干《じゃっかん》色味が違《ちが》うくらいか？

「色の違いは純度が違うからだろ。このハンマーを注文してる武器屋の奴が言ってたが、アダマンタイトってのはとにかく硬《かた》くて粘《ねば》りが強いから、そのままじゃ加工が難しい。だから鉄やら他の金属を混ぜて加工できるようにするんだと。

俺のハンマーはその店専属の職人が限界を見極《みきわ》めて、最高純度のアダマンタイトで作ってるらしい。これ以上のアダマンタイトで作られた武器はない！　って胸張ってたし、アイツらが嘘《うそ》を言ってるとは思わねぇが……たぶん、つーかこっちの方が絶対に純度高いよな？」

俺に聞かれても困るが……純度の話が全部本当なら、遺産のハンマーは店売りのものより高純度のアダマンタイトが使われているということになるだろう。そして同時に、一般《いっぱん》的《てき》なアダマンタイトの最高純度を超《こ》えた高純度であることにもなる。

……これは、予想以上に面倒《めんどう》事の種になるかもしれない。

「グレンさん、そのハンマー欲しいですか？」

「あ？　そりゃ欲しいかって言われりゃそうだが、これお前の爺さん婆さんの遺品だろ」

「出所を秘密にしてくれれば、譲りますよ。さっきも言った通り僕《ぼく》は使わないですから。無理に使うことはできなくもありませんが、使いこなすというにはほど遠いでしょうし、それじゃ勿体《もったい》ない」

武器としても必要とされて、なおかつちゃんと使える人間が使った方がいいだろう。それが優《すぐ》れた武器であるなら、なおさらに。その点、グレンさんなら実力的に申し分はない。

「ふーん……まぁ、良い武器よこせって絡んでくる奴らもいるだろうから、面倒なのは分かる。俺も遠慮《えんりょ》なんてする気はねぇし、貰《もら》っていいなら遠慮なく貰うが、口止め料には高すぎる気がするな……よし！」

グレンさんはポーチからもう一本、壊れたハンマーを取り出した。先日、俺が見ているところで壊す前に使っていた物だろう。

「とりあえず、こいつの代わりにこの2本をやるよ」

聞けばグレンさんのハンマーは、王都の高級武器屋で買ったオーダーメイドの最高級品。素材は先程も言っていた通り、一般的な最高純度のアダマンタイト。しかし、彼の全力には耐えきれないので、柄の部分に武器を保護する魔法道具を組み込《こ》んで強度を補っていたらしい。

アダマンタイトには魔力を通さない性質があるので合金でも魔法武器化は難しく、表面を魔力で覆う形での保護。それにもミスリルなどの高級ファンタジー金属を使う必要があったということで、武器としては壊れていても、希少金属の塊《かたまり》なわけだ。

さらに、

「素材の値段だけじゃねぇぞ、貴族に売りつければ〝Sランクの俺が使い潰した武器〟ってことで値段が跳《は》ね上がるんだ。武器屋が〝壊れた物を持ってくれば、次のハンマーはタダで用意するし金も払《はら》う〟って言うくらいには儲《もう》かるらしいぞ。なんならサインも書いてやる」

プレミア付きって、この世界にもあるのか……行動は滅茶苦茶《めちゃくちゃ》だけど凄い人ではあるし、有名であればファンもいるのだろう。

「あとはそうだな…………思い浮かばねぇから、なんか困った時に1回タダで助けてやるよ」

「それは依頼ということで、いいんですか？」

「そうだ。俺は気がのらない仕事は相手が貴族でも基本的に受けねぇ。よっぽど報酬《ほうしゅう》が良ければ考えはするが、このハンマーを貰えるなら最優先で受けてやる。もちろんここのアンデッド狩《が》りとは別だ。あの部屋貸してくれりゃ十分助かるし、これで1回分とかケチくせぇことは言わねぇよ。

あ、頭使うこととか、俺にできねぇことはナシな」

今のところ、依頼《いらい》までしたい用件はないが、一回無料＋優先権がつくとなれば悪くない対価なのではないだろうか？　Sランク冒険者《ぼうけんしゃ》に貸しを作っておけるとなれば、将来的に何かの役に立つかもしれない。

「いいでしょう。その条件でそのハンマーを譲渡《じょうと》します。依頼は今のところありませんが、口止めだけはよろしくお願いしますよ」

「おう。これでもSランクとして仕事はしてるからな。言うなって言われてる事の1つや2つはある。……ただ、これのことを聞かれたらどうする？　俺が見慣れない武器を持ってるところを見て、出所を探《さぐ》る暇人《ひまじん》はいると思うぞ。

少なくとも馴染《なじ》みの武器屋は俺が壊してくる前提で次のハンマーを用意してるだろうし、

買いに行かなきゃ向こうから売り込みに来る。そこで俺が違うハンマーを持ってたら絶対に気にするはずだ。口を割るつもりはないが、嘘が得意なわけでもねぇんだ」

「自分のところの自信作を超えるものが出てきた、それもお得意様が使ってるとなれば、興味は持つでしょうね……だったら〝樹海で拾った〟とでも言っておいてください」

この樹海には、多くの人々が富や名声を求めて踏み込んできた歴史がある。彼らの装備が転がっていてもおかしくはないし、実際に滅《ほろ》びた村の廃屋《はいおく》から見つかった物なのだから、まるっきり嘘というわけでもない。

「分かった、なんか聞かれたらそう言っとく」

「お願いします。……さて、話もまとまりましたし夕食にしますか。討伐は明日からで」

「いいな！　昨日の肉はまだあるか？」

「あの大きさですから、たっぷり残ってますよ」

ということで、夕食作り。スープはレトルトなので、鍋《なべ》を用意して火にかければＯＫ。次に昨日の夕食後に仕《し》込《こ》みをしておいた樽と、錬金術《れんきんじゅつ》で作っておいた大鍋を２つ取り出す。

「おっ、揚《あ》げ物か！」

大鍋に油をなみなみと注ぎ入れたところで気づかれた。お察しの通り、今日のおかずはイモータルスネークの唐揚《からあ》げだ。樽の中身は各種調味料に白酒の酒粕《さけかす》を加えた試作漬《つ》けダレ。そこに冷暗所で一日しっかりと蛇肉《へびにく》を漬け込んである。

菜箸《さいばし》を入れて少し泡《あわ》が出る程度まで油が温まったら、衣《ころも》をつけた肉を投入。パチパチと小さく弾ける油の中を、ほんのりと色づいた肉が泳ぐ。頃合《ころあ》いを見計らって一旦《いったん》引き上げ、次の肉を投入。少し休ませた後、引き上げた唐揚げをもう1つの鍋で二度揚げする。

「おい、それもう食えるんじゃないのか」

待ちきれない様子で鍋をじっと見つめるグレンさんを横目に、唐揚げ用に添《そ》えるラモンをカットする。唐揚げにレモンを絞《しぼ》る絞らないで論争は尽きないが、俺個人はどちらでもOK、というかどちらもそれぞれ好きである。もっと言えば、味付けのバリエーションが豊富なら豊富なだけ楽しめる。

……と言うことで、もう一味追加。小皿の上に、昨夜のうちに用意しておいたソースを入れる。これはクレバーチキンの卵に酢《す》と刻み玉ねぎを加え、調味料で味を整えたタルタルソース。唐揚げと合わせれば、チキン南蛮風《なんばんふう》になるだろう。

カラッと揚がった唐揚げを大皿に盛り、ラモンとタルタルソースを添えたら完成だ。味見で1つ摘《つま》んでみると、待っていたとばかりにグレンさんの太い手も伸《の》びてくる。

「あふっ」

揚げたては熱いが、油と一緒に濃厚《のうこう》な旨《うま》みが口の中で炸裂する。ザクザクの衣とプリッとした肉、食感の組み合わせも相まって抜群《ばつぐん》にうまい！

「うめぇ……これ昨日と同じ肉か？　あれもあれで美味《うま》かったが、あっちはもっと肉！って感じだったろ。こいつは、よく分からんがうまい」

「昨日は切り出した肉をただ焼いただけですからね。それであれだけ美味《おい》しいのも驚きですが、今日のは味付けに調味料を色々と使っていますし、肉が柔《やわ》らかくなる工夫《くふう》もしましたから」

ただ、そこまでしてもイモータルスネークの味は調味料に負けていない。淡白《たんぱく》なのに、もう少し濃《こ》く味付けをしても良かったのではないか？　と思うくらい、強い印象が残るのが不思議だ……そして、とてつもなく米が欲しくなる。

「『ホットウォーター』」

魔法でお湯を生み出して、新しい保存食のパックの中に入れる。中身は一度炊《た》いたお米をフリーズドライで乾燥《かんそう》させたもの。製法に自然乾燥か機械を利用するかという差異はあるけれど、古くは乾飯《ほしいい》、現代ではアルファ化米などと呼ばれ、携行食《けいこうしょく》や非常食として一般的に用いられている。

お湯を注いでしばらく待てば、温かい米が食べられるのだから、普段《ふだん》から使うにも便利だ。グレンさんが視線を送ってきているのでこれも多めに用意して、できるまでの間はさらに唐揚げを揚げていく。グレンさんの手は止まらないし、すでに昨日の白酒を出して飲み始めている。

「グレンさん、スープは簡単なので勝手に温めて食べてくださいね」

「おう、そのくらいなら俺にもできるからな。それより唐揚げってのを追加してくれ。後このソースもまだあるのか？」

手と口を止めることなく、答えが返ってくる。揚がった唐揚げが盛ったそばから消えて終わりが見えないけど、これだけ美味しそうに飲み食いされれば、作っている側としては気分がいい。

大食いタレントの番組や動画が流行《はや》るのも少し分かるし、大食いチャレンジをやっている飲食店の経営者もこういう気持ちなのだろうか？　……彼を見ていたら俺も少し呑みたくなってきた。

「唐揚げと米と飲むなら……」

まずはゴブリン達《たち》が作りまくった大量の白酒の内、味の悪い失敗作に分類されるものから錬金術で抽出《ちゅうしゅつ》したアルコールを用意。これは消毒用に作っていたものだけど、前世のように酒税回避《かいひ》のための添加物《てんかぶつ》を入れたりはしていないので、飲んでも問題はない。

「『フリーズ』でグラスを冷やして……『スパークリングウォーター』……いけた！」

水属性と風属性を合わせて、炭酸水を生成することに成功。そのまま錬金抽出アルコールを少量加え、添え物用に切っておいたラモンを絞って軽く混ぜれば、有り合わせの材料で作ったレモンサワーならぬ〝ラモンサワー〟が完成。

早速一口飲んでみると……錬金術で抽出したアルコールだからか、ウイスキーや焼酎《しょうちゅう》のような素材の香りがほとんどなくて、ちょっと味気ない。率直《そっちょく》に言うなら、安っぽい味という表現が思い浮かぶ。

でも、これでいい。揚げたての唐揚げを1つ頬張《ほおば》り、咀嚼《そしゃく》して飲み込む。そして口の中に残った油を安くて薄いラモンサワーで流《なが》し込めば、ラモンと僅かなアルコールの香りが鼻に抜《ぬ》けて、次の唐揚げに自然と手が伸びる。

「ふぅ～」

お金のなかった大学時代、付き合いで行く安い居酒屋でもこんな感じだったなぁ……いや、歳《とし》をとっても大して変わらなかったか。なんならこの蛇肉唐揚げがある分だけ、今の方が豪勢《ごうせい》だ。

しかし、忘れてはいけない。ここへさらに用意していた米が加わると……唐揚げ、ラモンサワー、米、唐揚げ、ラモンサワー、米の無限ループが始まってしまう。油物に米と酒、体にゃ悪いがこれが安くて美味いのだ。

「おい、何だその美味そうな組み合わせ」

「来ると思いましたよ」

唐揚げの追加と一緒《いっしょ》に米とラモンサワーも渡すと、グレンさんもハマったようだ。また手と口がフル回転している。そして揚げる速度が追いつかなくなると、手持《ても》ち無沙汰《ぶさた》になったのか、抽出アルコールの瓶《びん》を眺《なが》めて一言。

「ただ喉《のど》を焼くだけの酒は好きじゃなかったんだが、こういう呑《の》み方をすれば案外悪くないもんだな」

「カクテルとか、混ぜて呑むお酒は普段呑まないんですか？」

「俺はそこまで気にしてるわけじゃないんだが、ドワーフは酒に混ぜ物をするなんて許せねぇ！　って奴が多い。親父もそうだったから、俺もなんとなく手が出なかった。強い酒の方が好みだし、色々混ぜた酒でそこまで美味いと思う酒がなかったのもあると思うぞ」

「確かに好みは人それぞれですからね……あれ？　今の話からすると、グレンさんってドワーフだったんですか？」

「あん？　ああ、ドワーフも背丈《せたけ》は人それぞれだが、俺は体質のせいか普通の人族以上にデカくなっちまってな。飯を食いまくってる分、ここまで体もデカくなったんだろ。最初から俺がドワーフだって分かった奴はほとんどいねぇよ」

「あ……でも言われてみれば確かに体のサイズが大きいだけで、腕《うで》の太さとか胴《どう》の太さとか、体の各部位のバランスがドワーフの方っぽい」

適切な表現か分からないけれど、仮にドワーフの人を写真に撮《と》って、ＰＣで拡大加工をしたらグレンさんみたいになりそうな気がする。

「それより唐揚げだ！　米とこの酒も頼む。魔獣の素材を適当に持ってっていいからよ」

「唐揚げとラモンサワー承《うけたまわ》りましたー」

昨日は焼肉パーティーだったが、今日は居酒屋のようだ。割と本気で昔の居酒屋バイトを思い出して、少し懐《なつ》かしい気分になった。

9章20話 下準備

翌日。

朝はゆっくりと朝食をとり、そのまま火を焚《た》いてアンデッド供養《くよう》の魔法を試《ため》していると、出かけていたグレンさんが戻《もど》ってきた。アンデッドを避けて疾走《しっそう》する彼の後方には、人型、動物型を問わずに無数のアンデッドが追ってきている。

「お帰りなさい。様子はどうでしたか？」

「壁沿いに村を一周してきたが、お前の言ってた通り中央にある城みてぇな屋敷《やしき》がアンデッドの巣だな。あそこに近いほどアンデッドが多い。昨日はこの辺でも多いと思ったが、あれをみたら全然少ないと思うぜ」

「そんなにいましたか」

「ああ、数えきれないほどな。走りながら見た感じ、人型のアンデッド共は外で狩りもしているみたいだ」

グレンさんが見たのはゾンビやスケルトン等が罠を作ったり、狩りをして獲物《えもの》を持ち帰っている姿。狩られた獲物は村の中心部にある屋敷前の広場に集められ、解体されてから分配され、食べられているとのこと。最後に解体された獲物の残骸が屋敷の門の中に運ばれて、すぐさまアンデッドになって出ていくらしい。

件の魔獣の能力的に予想はしていたけれど、やはり〝亡霊の街〟のような状況《じようきよう》になっていそうだ。

「亡霊の街、聞いたことはあるが行ったことはねぇ。ただ屋敷の周りは本当にアンデッドの街みたいだったぜ。人型のアンデッドも、なんか他で見るより人間臭《くさ》いっつーか」

「それは僕の方でも確認《かくにん》しました。魔法でアンデッドを引き寄せて浄化《じようか》しようとしていたのですが、ゾンビやスケルトンはこちらの意図を察して離《はな》れていくような動きもありましたから」

アンデッドの中には生前の記憶《きおく》が一部残っている個体もたまにいる、とレミリーさんから聞いた。それに件の魔獣はただアンデッドを作るのではなく、死者の魂《たましい》を束縛《そくばく》して地縛《じばく》霊《れい》化させるそうだから、生前の記憶を強く残している個体が多いのだろう。流石《さすが》に人間そのものとまではいかないようだけど……

「やっぱり原因の魔獣をどうにかしないといけませんね」

「それなんだが、ありゃだいぶヤバイな。俺《おれ》にはどうにもできねぇ」

おや……正直なところ、グレンさんには遠慮していただきたかったので好都合なのだが、積極的に向かっていくかと思ったので意外に思う。すると彼は俺の思いを察して、呆《あき》れたように口を開く。

「お前な、俺が強い奴を見かけたら誰《だれ》でも彼でも殴《なぐ》りに行くと思ってねぇか？」

「違うんですか？」

「相手が自分より強い奴ならやめるなんてダセェことはしねぇが、それでも殴れる相手に限る。一言で強いと言っても、その内容には色々あるだろ。罠を張るだとか逃《に》げるだとか、徹底的《てっていてき》に殴り合いを避ける奴とは相性《あいしょう》が悪いんだよ。そもそも殴れねぇからな……あそこに居るのも、たぶんそういう奴だろ」

確かに、件の魔獣《まじゅう》の能力はアンデッド製造と闇《やみ》魔法、それも精神に作用して幻覚《げんかく》を見せることに特化している。その力はたとえ精神攻撃《こうげき》に対抗《たいこう》する魔法道具を身につけていても、無効化されてしまうほどに強力なもの。

装備の差による影響はほとんどなく、数に頼《たよ》れば幻覚によって同士討《どうしう》ちの危険性すらある。だからこそ神々は〝精強な軍隊よりも精神攻撃に耐性《たいせい》のある俺１人の方が成功率が高い〟と言っていた。

グレンさんはそこまで考えていないだろうけれど、魔獣の危険性をなんとなく察知したのだろう。

「俺だって生まれた時から強かったわけじゃねぇ。昔は人間相手に負けたことだって何度もあるし、ヤベェ奴なら避ける時だってある。

まぁ、お前が行くなら止める権利もそのつもりもねぇけどよ、ヤバくなっても助けられねぇぞ」

「大丈夫《だいじょうぶ》ですよ。こちらも死ぬ気はありませんし、自殺行為《こうい》に付き合えとは言いませんから」

「自殺行為なのは否定しねぇのか……なら、どうするんだ？」

「とりあえず、アンデッドを可能な限り排除《はいじょ》しましょう。屋敷の周囲はもちろん、内部にもいると思うので、できるだけ外に引っ張り出します。魔獣を倒《たお》す前の邪魔《じゃま》はできるだけない方がいいです。

あそこに住みついている魔獣は屋敷の外には出てこない、生態的に出てこ̇ら̇れ̇な̇い̇ので、外で暴れるか外壁《がいへき》を傷つけるかすれば、自己防衛のためにアンデッドを放出する可能性が高いです」

「なら、出てきた奴らを片《かた》っ端《ぱし》から潰せばいいな」

「いくらかはその必要もあると思います。ただそれだけだと効率が悪いと思うので、グレイブスライムに頑張《がんば》ってもらいます」

作戦を簡単に説明すると、グレイブスライムを底に待機させた超巨大《ちょうきょだい》落とし穴を用意して、逃げ場をなくしてアンデッドを大量に確保する。俺達はそこまでアンデッドを引き込むための囮《おとり》であり、逃走《とうそう》を防止する。

「落とし穴はこちらで用意しますし……グレンさんは適当に走ってアンデッドを集める。逃げようとするアンデッドがいたら、そのハンマーで殴り飛ばして落とし穴にぶち込む。敷地《しきち》の中には入らない。この3点だけお願いします」

「分かりやすいな。あと罠で思い出したが、ここは丁度反対側に昨日の花が咲《さ》いてたんだが。ほら、貴重で高い染料《せんりょう》になるって話の、なんつったっけ？」

「ホテル・ラフレシアですか」

「それだ！　あれが外壁の一部を埋めつくすくらい咲いてたんだよ。俺は走って突《つ》っ切ったから特に何もなかったが、あれと一緒にいる蝿《はえ》が、それまで俺を追ってきてたアンデッドを襲《おそ》ったんだ。あれも使えないか？」

グラトニーフライがアンデッドを襲う……実際に見ていないけど、ゾンビなんて腐肉《ふにく》の塊だし動きも鈍いから、やつらにとってはいい餌《えさ》だろう。餌が豊富だから、ホテル・ラフレシアが大量繁殖《はんしょく》しているのかもしれない。

件の魔獣はアンデッドをただ倒しても、復活させる事ができてしまうと聞いているが……そもそもの数が多すぎる。グレイブスライムも一気に保管はできないだろうし、罠に嵌《は》める前に一度削《けず》れるだけ削《けず》るか。

「それでは両方やりましょう。僕はグレイブスライムと罠の準備を始めますから、グレンさんはアンデッドを集めてグラトニーフライの縄張りまで連れて行ってみてください」

「よっしゃ！　なら一応昨日の結界頼《たの》む。顔に当たるとウザいからな」

要求を受け入れて雷《かみなり》属性の結界を張ると、グレンさんは躊躇《ちゅうちょ》なく走り出した。

「上手《うま》くいってもいかなくても昼までには戻る！　飯の用意しといてくれ！」

……ちゃっかり昼飯の催促《さいそく》もしていった。燃費が悪いらしいし、その分働いているからそのくらいはいいけど。元々1人でもやるつもりだったのだから、手を貸してもらえるなら素直《すなお》にありがたい。

「さて、こっちはこっちで頑張りますか」

まずは罠を仕掛《しか》ける場所選びをしないといけない。仕掛けるものが落とし穴で、アンデッドは引き寄せるだけでいいので、そこまで念入りに場所を選ぶ必要はないけれど、もう少し発生源に近い方がいいだろう。

「『カッタートルネード』」

合体して巨大化したグレイブスライム達を連れ、安全地帯を出て村の中央へ向かう。人型のアンデッドとの戦闘《せんとう》はもう慣れたものだけど、ビーストゾンビ、特に小型の魔獣がアンデッド化したものは下草に隠《かく》れて見えづらい。

だから風魔法で雑草ごと一気に切り刻んで吹《ふ》き飛ばしているが……この魔法、攻撃魔法なのに初めて攻撃に使った気がする。これまでは草刈《くさか》りにしか使っていなかった、というか今も半分以上は草刈り機だけど……便利だし、別にこだわらなくていいだろう。

「っと、あれか」

小さな竜巻《たつまき》が切り開いた藪《やぶ》の先、遠目に古くて巨大な屋敷が見えた。手前には村人の家だったであろう建物や、防衛用の柵《さく》の残骸《ざんがい》も見える。しかし、屋敷はそれらより頭一つ二つ抜けていた。さらに手前の家には崩《くず》れた部分が多いことも、屋敷を観察するのに役立っている。

屋敷……というか、建物は樹海の拠点《きょてん》とするために改築された名残《なごり》だろう。四方に監視《かんし》用の櫓《やぐら》を兼《か》ねたと思われる円柱形の塔《とう》が立っており、その間を重厚《じゅうこう》そうな壁《かべ》が繋《つな》いでいた。窓も少なく小さいので、海外の古い要塞《ようさい》や刑務所《けいむしょ》のようだ。

ただ、そんな無骨な建物の周囲には、これまた海外の豪邸《ごうてい》に見られるような金属製の高い柵が綺麗《きれい》に並んでいる。土台はレンガを積んで固められた物に固定されているようだし、柵自体にも装飾《そうしょく》がある。

そして何よりも、あの柵の内側。屋敷の敷地内《しきちない》だけが周囲の建物や柵と違い、手入れが行き届いているので違和感《いわかん》が強い。よく見れば雑草も綺麗に抜かれているようだし、しばらく見ていると、屋敷から出てきたゾンビが掃除を始めたではないか。

「使用人のアンデッドが、今も屋敷を管理し続けてるわけか……」

やっぱり、ここのアンデッドはかなり生前の記憶を残していると確信して、一旦来た道を戻る。罠《わな》を張るのは、屋敷と祖父母の家の中間あたりに決めた。

場所が決まれば、あとは作業を始めるだけ。今日はお馴染みのソイルスライム、スパイダースライム、エンペラースカベンジャースライム、ヒュージロックスライム。そしてウィードスライムの集合体である〝ヒュージブッシュスライム〟にも参加をお願いする。

役割分担と作業手順は以下の通り。

ヒュージブッシュ：落とし穴を掘《ほ》る前の草刈り&完成後のカモフラージュ。

ソイル＋俺：スライム魔法で穴を掘りつつ、雑草や樹の根、石などを除去。

ヒュージロック：出てきた石を食べて片付けつつ、切り離した体で穴を補強する。

エンペラースカベンジャー：他のスライム達の補助＋作業中の護衛。

スパイダースライム：完成後のカモフラージュの補助。

作業が始まると、巨大なスライム達はそれぞれ重機のように働いた。

たとえば体を限界まで広げて地面を覆《おお》うヒュージブッシュは、それだけでおよそ20m四方を開拓《かいたく》してしまう。エンペラー級の巨体を平面にしているのだから、それくらいになってもおかしくはないが……さらにそのまま動くことも可能。

お世辞にも素早《すばや》いとは言えないが、大型の農耕機械が草を刈り取っていくように、一気に広範囲《こうはんい》の草がなぎ倒されては消えていくのは見ていて気持ちがいい。

ソイルスライムのスライム魔法もそれだけでショベルカーやダンプカー顔負けの速さで穴を掘っていくし、ヒュージロックを使えばコンクリートいらずで壁も柱も作れてしまう。組み合わせれば1時間とかからずに1辺が15m、高さが4mほどある正方形の穴が完成だ。

「……自分で作っといてなんだけど、これもう地下室だろ」

大型スライムのパワーが凄《すご》すぎる。ラインハルトさんが新しい道とか村作りの話をしていたけれど、仮にこのスライム達を使うとしたら工期の短縮ができるだろう。公共事業だそうだし、短縮しすぎても困るだろうから、声をかけられなければやらないけど。

「さて、じゃあ最後はカモフラージュ。グレイブスライム達は中に、ヒュージロックには中心で地表に顔を出す程度の柱になってもらって」

スパイダースライム達が穴の端《はし》と中央の柱を使って張った巣を支えにして、ウィードスライムが穴を覆い、エンペラースカベンジャーの肥料と俺の木魔法で補助してやれば、その体からは樹海の雑草が生い茂《しげ》る。さらにソイルスライムが軽く土をかけてやれば、作った俺でも視覚では見分けがつかなくなった。

「いいできだけど、気をつけないと自分でも危ないな……念のために安全地帯を別に作るか」

アンデッドの村から落とし穴に向かって、見える放熱樹の間に糸を何重にも張ってもらい、穴掘りで出た木の根を使って足場を作る。蜘蛛《くも》の糸は鋼鉄の5倍もの強度があると言われているが、スパイダースライムの糸もかなりの強度がある。

木の根の足場もさらに厳重に固め、ついでに屋根もつけて、ウィードスライムが出したつる草で補強してカモフラージュすれば、即席《そくせき》ツリーハウスの完成!

「湿気《しっけ》のせいか糸が少し収縮しているけど、強度は問題ないな」

罠はある程度の大きさと重さのアンデッドなら自重で落ちるだろうし、小型でもヒュージブッシュスライムが落としてくれる。あとはアンデッドを連れてくれば……そうだ!

もしかしたらあの子も役に立つかもしれない。

「おいで、ミミックスライム!」

自然とテンションが上がり、思いつくままにミミックスライムをディメンションホームから呼び出した。白い穴からゆっくりと出てくる体は、契約時《けいやく》よりもだいぶ大きくなっている。昨日の夜に餌の確認も兼ねて、色々と食べさせたのが良かったのだろう。

「襲われたとはいえ、半分に切り落とした直後だったからな……元に戻ってよかった」

ちなみに食性は雑食で肉も野菜も食べられるが、好むものは肉類。ここまでの旅で散々狩ったラプターの肉を中心に与《あた》えているけれど、ワニの肉や小動物の肉でも、肉の種類には特にこだわりがない。ただし、腐《くさ》った肉は食べない。ビーストゾンビのようなアンデッド系の魔獣も対象外だ。

これはおそらくミミックスライムの変身能力にも関わるのだろう。調べてみたところ、ミミックスライムの変身は〝食べた相手の姿を模す〟能力のようで、肉に限らず相手の体の一部を食べることで、本物と瓜二《うりふた》つの姿に変身する。

外見だけでなく骨や内臓まで再現しているので、変身というよりも相手の遺伝子情報を使ったクローンのように自分の体を変化させているイメージだ。俺にはその方面の専門的な知識がないので、あくまでもイメージでしかないけれど……こうなると知識がないことが悔《く》やまれる。

「まぁ、ないものねだりをしても仕方がないよな。それより、テイクオーストリッチに変身してもらいたいんだけど」

問題なく意思の疎通《そつう》ができたようで、ミミックスライムの姿がダチョウのような魔獣の姿に変わっていく。条件が摂取《せっしゅ》した量か、それとも変身時間かはまだ分からないが、一度姿を記憶した対象には、新たに食べなくても姿を変えられるらしい。

「俺を背中に乗せてくれるかい？」

テイクオーストリッチに変身したミミックスライムが、乗りやすいように膝《ひざ》を折ってくれたので、そのまま乗ってみる。その背中は温かく、手触《てざわ》りは完全に羽毛《うもう》。事前に知らなければスライムだとは思わないだろう。

「ゆっくり歩いてみて、このまま走れると思う？」

一歩、二歩、三歩と軽快に歩き始めた。ツリーハウスの中なので少し狭《せま》いが、俺を乗せて移動することはできそう。問題があるとすれば、俺が乗り慣れていないことか。馬のように鐙《あぶみ》や鞍《くら》があるわけでもないので、歩く程度なら大丈夫か？

「試してみるしかないか」

空間魔法で地上に降り、背中に乗せて走ってもらう。まずは軽く、祖父母の家まで行って戻ってくる。それだけのつもりだったのだけれど……

「うぉおおおお⁉」

これは、速すぎる！

子供の体とはいえ人を一人乗せた状態でミミックスライムは、出発の合図を送った途端《とたん》に急加速した。ミミックスライム、いやこの場合は変身元のテイクオーストリッチの脚力《きゃくりょく》が、想定よりはるかに強いのだ。

つい先程《さきほど》来た道を、来た時の何十倍の速度で戻っているのだろうか？　横目で見える景色が前から後ろへと吹き飛んでいく様子は、リムールバードと視界を共有した時も思った、まるで新幹線の窓から見る景色。違うのは、俺自身の体がその速度で動いているということ。

羽が柔らかいので振動《しんどう》は思ったほどではないが、体に重力がかかるのでジェットコースターの方が正確か……安全装置はないけど。これ、落ちたら死ぬんじゃなかろうか？　もはや背中に跨《また》るというより、しがみついている状態だ。

一抹《いちまつ》の不安を覚えながら、鬱蒼《うっそう》とした密林の中を疾走する。罠から祖父母の家に到着《とうちゃく》するまでの道のりは、徒歩でおよそ10分。ミミックスライムに乗っていると妙《みょう》に長く感じた気もするが、おそらく数分だろう。

俺は、ミミックスライムが移動手段としては優秀《ゆうしゅう》であることを確信する。

しかし同時に、乗ってアンデッドを集めることは絶対にしないと決めた。

これは色々と危険すぎる。

9章21話　屋敷の中のジャングル

正午。

「んで、最終的にああなったわけか」

昼食を食べに戻ってきたグレンさんが視線を向けた先には、草むらの中を駆《か》け抜けてアンデッドの群れを引き連れていくミミックスライムの姿がある。

「残念ながら、現状では僕が乗っても邪魔にしかならないので。あのミミックスライムは元々この樹海で生きていた個体ですし、変身しているテイクオーストリッチの脚力を活《い》かすためにも、単独で駆け回ってもらった方が効率的かつ安全だという結論に至りました。

それにアンデッドの食いつきも、僕よりミミックスライムの方がいいんです。人型のアンデッドは狩猟《しゅりょう》をするような動きをしますし、ラプターをはじめとしたビーストゾンビはテイクオーストリッチの能力を使わせるとほぼ完全に釣《つ》れました」

「ほー……まぁ、俺はおかげで昼もしっかり食えるから助かる」

「罠もアンデッド集めも、スライムに任せて自動化できましたからね」

時間に余裕《よゆう》ができたので、昼食の用意にも少し手をかけた。昨日の唐揚げでもっと味付けが濃くてもいいのではないか？　と思ったので、今日はニンニクをたっぷりと加えた濃い味の竜田揚《たつたあ》げを、新しく焼いた柔らかいパンと新鮮《しんせん》な葉野菜で挟《はさ》んだ〝竜田揚げサンド〟。付け合わせはフライドポテトだ。

2日続けて揚げ物は嫌《いや》かもしれないと思ったので、卵サンドとポテトサラダサンドも用意したのだけれど、グレンさんは全く気にしなかった。相変わらず気持ちのいい食べっぷりで、お皿から料理が消えていく。

それを見ながら俺も食事を済ませ、ちょうど食べ終わる頃《ころ》、

「あっ」

「どうした？」

「ミミックスライムが、生きているラプターに追われています。アンデッドを引き寄せている最中に、一緒に引っ掛《か》けてしまったみたいで。今こっちに逃げてきています」

「うっし、なら腹ごなしにひと暴れすっか」

一瞬《いっしゅん》で話がまとまり、迎撃《げいげき》準備を整える。

「見えたぞ」

「こちらも確認しました。アンデッドと生きている方を分けますね『ホーリーフレイムカ

ーペット』」

ミミックスライムが俺たちの横を駆け抜けると同時に、魔法《まほう》を放つ。光属性の魔力を混ぜた炎《ほのお》が薄《うす》く広く、赤と黄金の絨毯《じゅうたん》のように広がった。

テイクオーストリッチの誘引《ゆういん》フェロモンによって興奮状態の敵群は、撤退《てったい》も回避もせずに炎の中を駆け抜ける。範囲《はんい》が最優先で火勢はそれほど強くないので、彼《かれ》らに大したダメージはない。

しかし、彼らに交ざるゾンビ化したラプター達は別だ。光属性の魔力によって駆けるために絶対必要な足に致命的《ちめいてき》なダメージを受け、転倒《てんとう》。そのまま炎にまかれて消滅《しょうめつ》している。

結果として炎を抜けてくるのは、生きているラプターのみ。

そうなれば、あとは普通に倒すだけ。

「オラァ!!」

興奮状態でまっすぐ襲ってくる相手は、普通なら勢いに押《お》されて危険だが、グレンさんにとってはこれ以上なく戦いやすい相手のようだ。アダマンタイトのハンマーを振《ふ》り回すと、吾先《われさき》にと殺到するラプター達がまとめて吹き飛んでいく。

俺は幸運にも塊《かたまり》の一部にならずに済んだ個体を、魔法と刀で倒す。そうして作業を分担すると、1分とかからず襲ってきたラプターは仕留《しと》められた。

「うっし、終わったな。つーか、あの火はあのままで大丈夫か？」

「大丈夫だと思います。この辺は湿気も多いですし、今急激に燃え広がったのは僕《ぼく》が魔法で広げたからで、自然にはそこまで延焼《えんしょう》しませんよ。したとしても、毎日の急な大雨でじきに消火されるでしょう」

当初の予定では、ここにくるのは俺1人。当然ながらアンデッドの討伐《とうばつ》も俺1人でやるつもりだったので、広範囲の魔法の準備と一緒にその辺も一応考慮《こうりょ》はしている。周囲に被《ひ》害《がい》が出たとしても、軽微《けいび》なもので済むはずだ。

「それにしても、思ったより早く近隣《きんりん》のアンデッドが片付いたみたいですね」

「ん？　言われてみりゃ確かに、ここに来た時は村の周りもアンデッドだらけだったな。それが減ったことに気づいて、生きてるラプターの群れが近づいてきたのか」

「僕はミミックスライムに〝村の外壁の内側だけを走るように〟と指示していたので、おそらくそうだと思います。周囲のアンデッド討伐に最低1日は必要だと考えていましたが、この分なら中央の屋敷の対処を始めてもいいかもしれません」

「さっさと片付くなら、それに越《こ》したことはねぇな」

ということで、午後からは中央の屋敷一帯を攻《せ》めることに決定。そして実際に向かってみると、やはり道中で遭遇《そうぐう》するアンデッドの数は少なかった。

「流石にゼロってわけにはいかねぇみたいだが」

「それでもビーストゾンビは見当たりませんし、いるのは村人のアンデッドでしょう。おそらく狩猟などにもいかない非戦闘員の」

俺が指差した先にあるのは、屋敷の周囲にたくさんある崩れた建物の内の一軒《けん》。そこには鍛冶《かじ》職人が住んでいたのか、もしくは作業場だったのだろう。半ば瓦礫《がれき》の山と化した建物の中で、黙々《もくもく》と槌《つち》を振《ふ》るい続けるスケルトンがいる。

また別の建物を見れば、壊《こわ》れた機織《はたお》り機らしきものを使って、布を織るような動作を続けているゾンビもいた。彼らは生きていた時の生活を、死んでも続けているのだろう。

「元々戦うのが仕事じゃねぇ奴《やつ》らだから襲っても来ない。囮になってもついてこなかったわけか」

「村に残ったアンデッドもスライム達に任せましょう。罠から連れてきたグレイブスライム達なら、アンデッドは問題になりません。エンペラースカベンジャーも一緒に置いておけば、他の魔獣が来ても死にはしないでしょう」

「アンデッドが村の外に逃げるなら、それはそれで邪魔にならなくていいしな」

堂々と屋敷に近づいていくと、予想の通り問題はなかった。元村人アンデッドは俺達、もしくはスライムを敵として認識《にんしき》しているようで、近づいただけで中央の屋敷に向かって逃げてしまう。抵抗《ていこう》らしい抵抗はない。

どちらかといえば、道の悪さの方が問題に感じる。元村人のアンデッドによって多少手入れをされた形跡《けいせき》もあるにはあるが、焼け石に水。ちゃんと整備されているとは言いがたく、草の中に土嚢《どのう》を積んだ壁や金属製の柵があって邪魔だ。

というか、アンデッドも引っかかって逃げ遅《おく》れている個体がいるのだけれど、これは本《ほん》末転倒《まってんとう》なんじゃないだろうか？　とりあえずグレイブスライムに取り込《こ》んでもらって、進むけど……

「なぁ、あいつらの動きを見てたら、俺達が村を襲う人さらいみたいじゃねぇかと思ったんだが」

「僕もちょっと思っていました。というか、彼らにとっては実際そんな感じだと思いますよ。死んだことに気づいていないと仮定すれば村に知らない奴が来て、逃げたら追ってきて、捕《つか》まって牢屋《スラィム》みたいなところに放《ほう》り込まれるわけですからね……」

改めて言葉にすると微妙《びみょう》に罪悪感を覚えるが、魔獣討伐《とうばつ》でも狩猟でもやることは大差ない。それにこれは供養のためでもある。そんな話をしながら、俺達は屋敷の門の前までたどりついた。ここも当然ながら侵入者《しんにゅうしゃ》や魔獣を阻《はば》むために、金属製の柵と重厚な観音開きの門で囲まれている。

「ということで、どこでもいいので思いっきり殴ってください」

「任せろ！」

打てば響《ひび》くとはこのことか。グレンさんは既《すで》にハンマーを大きく振り上げていて、耳障《みみざわ》りな金属音があたり一帯に響き渡《わた》る。

「チッ、こういう奴かよ」

金属音に混ざって、グレンさんのぼやく声が耳に届く。無理もない……昨日、あの巨大な放熱樹の幹にクレーターを作るほどの一撃を受けたにもかかわらず、門は僅《わず》かに歪《ゆが》む程度。しかも次の瞬間《しゅんかん》には、映像を逆再生するように傷一つない状態に戻ってしまった。

『ウァオォォオオ!!!!』

「ようやく反応がありましたね」

「ぶち抜いてやるつもりで殴ったんだがな」

屋敷の中から無数の亡者《もうじゃ》の声が上がり、全ての窓からは激しく叩《たた》く音が鳴る。まるで屋敷全体が叫《さけ》び、震《ふる》えているような騒音《そうおん》。それが数秒続いたかと思えば、屋敷の中から武装したアンデッドが大量に湧《わ》き出てきた。

その大半はゾンビやスケルトンのような明らかに死体の姿をしているもので、装備も粗《そ》末《まつ》な槍《やり》か弓のみ。しかし中には上位種のグール、あるいはそれ以上の存在か、外見では人間と見分けの付かないアンデッドもいる。

「貴様らか！　村人を襲い、不躾《ぶしつけ》に門を叩く悪党共は！」

「なんだとコラ⁉」

「そんな気はしていたけど、しかし随分《ずいぶん》としっかり喋《しゃべ》るな……」

甲冑《かっちゅう》を着た貴族風のアンデッドが声を張り上げている。亡霊《ぼうれい》の街でうわ言のように特定の言葉を呟《つぶや》くアンデッドを見たことはあるが、ここまでハッキリと言葉を発するアンデッドは初めてだ。それも含《ふく》めて、まるで生きているように見える。いや、本当に魂がこの世に留められているならむしろ当然だろう。

しかし、それでも彼らはアンデッドだ。

「私はデストリア男爵《だんしゃく》、アルス・デストリア！　王命を授《さず》かり樹海開拓団《かいたくだん》を率いている！そしてここは開拓における最重要拠点である！　この拠点への攻撃は、国王陛下への反逆にもなることを承知の上での狼藉《ろうぜき》かっ！」

「俺の村によくも攻め込んで来やがったな！　後悔《こうかい》させてやるぜ！」

「何故《なぜ》このような事をするのですか⁉　貴方《あなた》の蛮行《ばんこう》を神は悲しんでいます！」

人間と見分けがつかない者ははっきりと喋るが、その内容に統一感はないし、所々で微妙に言動がおかしくなる。アンデッドが例の魔獣に言わされているというより、自分の世

界に陶酔《とうすい》しているような感じだ。

「色々言われてるが、どうするよ？」

「作戦に変更《へんこう》なしです。向こうから外に出てくるまで、適当に攻撃して挑発《ちょうはつ》しましょう。『ホーリーフレイムカーペット』」

返答代わりに火を放つと、デストリア男爵が盾《たて》をかざして受け止めた。周囲のアンデッドは余波だけでも苦しんでいるが、姿が人に近いほど効果が薄いようだ。

苦悶《くもん》の声を合図に屋敷の窓から矢や魔法が放たれたので、エンペラースカベンジャーの陰《かげ》に隠れてやり過ごす。

「おい！　俺を忘れるなよ！」

グレンさんが柵に沿って走りながら、柵を叩いて敵を煽《あお》り始めた。向こうは粗末な槍で、柵の隙間《すきま》からグレンさんを突き殺そうとしている。しかし動きに追いつけず、反撃を食らっていた。

「『フラッシュボム』」

「オラオラオラオラァ!!　隠れてチマチマ攻撃せずに出てこいや！　ビビってんのか!?」

スライムに隠れてチマチマ攻撃しているのは俺もなんだけど……まぁいいや。必要な時までは無茶《むちゃ》をせず、安全最優先で初志貫徹《しょしかんてつ》。

それからしばらく屋敷を攻め続けると、計画通りに門が開いた。

「ようやく出てきやがったか！」

門の内側からアンデッドが押し寄せてくるが、外に出してしまえばこちらのもの。グレンさんは相変わらずハンマーを振り回して敵を薙《な》ぎ払《はら》い、エンペラースカベンジャーはその巨体で軍勢を押しつぶす。こうして一時的に動けなくなったアンデッドを、グレイブスライム達《たち》が捕獲《ほかく》していく。

……そうして10分ほどが経《た》った頃だろうか？

「おいリョウマ、誘《さそ》われてるみたいだぜ？」

アンデッドを吹き飛ばしながら近づいてきたグレンさんの言葉通り、屋敷の門は開け放たれたまま、追加のアンデッドが出てこない。中に入るチャンスではあるが、露骨《ろこつ》すぎて怪《あや》しく感じる。

「どのみち中には入る予定だったので、行ってきます。順調にいけば日が暮れる前に出てこられるはず。遅《おそ》くとも明日の昼までに出てこなければ、失敗したと思ってください」

「屋敷の方は大本をどうにかしねぇとダメみたいだしな。こっちは任せとけ」

外はグレンさんとスライム達に任せて開け放たれた門をくぐり、屋敷の玄関《げんかん》も通り抜《ぬ》け、エントランスに踏《ふ》み込む。すると、開いていた扉《とびら》がひとりでに、勢いよく閉じて門《かんぬき》がかかる。ホラー映画のお約束のようだと一瞬扉に目を向け、振り返る。

「っ……こういう幻覚か」

これには素直に驚《おどろ》かされた。

俺が踏み込んだのは屋敷の中。無骨でシンプルな、古くても頑丈《がんじょう》そうな建物。吹き抜けのエントランスには1階から上の階まで繋がる大きな階段と、左右に延《の》びる通路が見えていたはず。

しかし、一度振り返って見た今は、そんな物は欠片《かけら》もない。目に映るのは、狭くて濁《にご》った空。アスファルトで舗装《ほそう》された綺麗な道路に、所狭《ところせま》しと立ち並ぶビル群。そんな街中にはスーツを着て疲《つか》れた顔をした人々が行き交《か》い、日本語で書かれた標識や看板がいたるところに設置されている。

懐《なつ》かしく嬉《うれ》しいようで、二度と見たくなかった気もする、俺《竹林竜馬》がかつて生きていた〝日本の街並み〟が広がっていた。

9章22話　三文芝居

「ここは……会社の最寄《もよ》り駅か」

　これは幻覚。だが、今まさに閉じて注意を引いた扉は見慣れた駅に変わっている。待ち合わせでもしているのか、電話で揉《も》めている男の声に、排気《はいき》ガスの混ざった空気の臭い……視覚、聴覚《ちょうかく》、嗅覚《きゅうかく》から感じる情報は現実のものと区別がつかない。

「モタモタしていられないな……」

「主任！」

「っ⁉」

　気合いを入れ直すや否《いな》や、右から聞こえる馴染《なじ》みのある声。反射的に体と刀を向けるが、その手にあったのは使い古したビジネスバッグ。さらにそれを掴《つか》む手、いや全身が転生前の〝竹林竜馬《たけばやしりょうま》〟の体に戻《もど》っていた。

「お待たせしました。……何やってるんですか？」

「田淵《たぶち》、君」

少なくともこの目に見えている範囲では、目の前の人物は襲ってくる様子がない。スーツを着た小太りの男が、記憶《きおく》にあるそのままの声で不思議そうにこちらを見ている。

「なんだかよく分かりませんけど、とにかく合流できたことですし、行きましょう」

「……どこに」

「どこって、退職記念の打ち上げに決まってるじゃないですか！」

「退、職？」

「とりあえず行きましょう。話は歩きながらでもできますから」

こいつは何を言っているのかと思ったが……攻撃のような気配はない。とりあえず後をついて行ってみる。

「いやー、それにしても……仕事以外で昼間から外を歩くのも久しぶりで、変な感じがしますね」

「……そうか？　いや、そうかもしれない……」

確かに、転生して間もない頃はそう感じた。

「主任は一足先に辞《や》めちゃいましたから、もう慣れましたか。てか、主任がいなくなってからはマジで大変だったんですよ」

「大変？」

「いや、だってうちの会社潰《つぶ》れたじゃないですか」

「潰れた、のか？」

「今日で後片付けも終わり、綺麗さっぱり終わりました。だから皆《みんな》で打ち上げって話になったんです。せっかくだから主任も呼んでパーっとやろうってね。

そうだ、ちょっと早いですけど、再就職おめでとうございます！」

「再就職……」

「電話で言ってたじゃないですか、クリーニング屋さんでしたっけ？　業種は前と全然違《ちが》うけど残業はないし、一緒《いっしょ》に働いている人たちも前の会社の連中、たとえば課長とかとは雲泥《うんでい》の差だって」

ああ、それは確かにそうだ。課長と洗濯《せんたく》屋さんの皆さんじゃ比較《ひかく》にもならない。

「そういえば課長、入院したって知ってました？」

「いや、知らないが」

「主任が抜けた後は大騒《おおさわ》ぎでしたから。これまで主任に押し付けていた分の仕事が全部残っていて、最初はお前らが手分けしてやれ！　って散々わめいていましたけど、段々どうにもならなくなって、少し手をつけたらすぐに音を上げてぶっ倒れちゃいました。

ちなみにそれだけ仕事が忙《いそが》しくなった分、倒れる前は今まで以上に不機嫌《ふきげん》でしたけど、僕らに八つ当たりをするとそれだけ仕事が進まないので、コネ入社組の人に当たるようになっていましたね。

彼ら、相変わらずロクに働かないで不満ばっかり言っていましたし、これまでコネのおかげで課長の理不尽《りふじん》の対象にならなかったんで、舐《な》めてかかっていましたから。急に課長がブチ切れて八つ当たりを始めたら、すぐに逃《に》げちゃいました」

「……それは、少し申し訳なく思う」

俺《おれ》が受け持っていた仕事は、確かに残った皆で手分けしてやるしかなかっただろうな……と思って口をついた言葉。しかし、田淵君は首を横に振る。

「申し訳なく思う必要ないですよ。課長もコネ入社組も、仕事を主任にぶん投げて自分は知らん顔してたツケが回ってきただけですから。そんな無茶な仕事を1人にやらせていた方が問題でしょ。……まあ、それは僕や会社の皆もそうなんですけど。

……皆、主任に謝《あやま》りたいって言ってましたよ。サービス残業が常態化したブラック企業《きぎょう》でしたけど、どうにか仕事が回っていたのは主任のおかげだって」

「そんなことを言われていたのか?」

「そうですよ。っていうか、前から皆分かってましたよ。主任が滅茶苦茶《めちゃくちゃ》な体力に任せて、自分の分だけじゃなくて他の人のフォローもしてたのは。それで皆、助かったと思ってたんです。いなくなってようやく気付いたって訳じゃないです。

ただ……皆、それに慣れて、いつの間にか〝主任なら大丈夫《だいじょうぶ》だろう〟って信頼《しんらい》すると同時に甘《あま》えちゃってたんですよね。だから皆も主任に申し訳ないって、だから今日の打ち上げにも呼ぼうって話になったんですよ？」

「そうか……認めてくれていたのかなぁ……」

「認めてましたよ、皆。そうじゃなかったら、あんな会社で長く働き続けられないです。主任がサポートしてくれていなかったら、とっくの昔に心か体、あるいは両方壊して辞めてると思いますもん」

そんな話をしていると、目的地についたようだ。少し細い道に入ったところにある、慣れ親しんだ店構え。先程いた会社の最寄り駅から次の駅までの途中《とちゅう》にあった店で、立地はあまりよくないけれど、遅くまで営業していて飯が美味《うま》かった。家に帰れない日も多かったので、よく利用していた店だ。

カラカラと音を立てる扉に入っていく田淵君に続いて、のれんをくぐる。

「いらっしゃい！　ご予約の方ですね、奥《おく》へどうぞ」

こちらの顔を当然のように知っているバイトの女の子が、すぐに奥の座敷《ざしき》へと通してくれる。いつ頃《ごろ》からかは忘れたけど、この子は最低でも8年は働き続けてたっけ……同じバイト先で8年ってだいぶ長いよな。

「主任、ここですよ。早く早く」

田淵君に急《せ》かされながら、座敷に上がる。襖《ふすま》が開かれると、そこではかつての同僚《どうりょう》達が既に打ち上げを始めている。

「おっ！　来た来た！」

「田淵さんと主任！　お疲れ様です！」

「お先に始めちゃってま～す！」

「ちょっ、お前もう酔《よ》ったのか？　会社から解放されたわけだし、気持ちは分かるけど」

「私、お水貰《もら》ってきます！」

「ほら、2人も立ってないでこっちに来なさい」

「！　馬場《ばば》さん？」

座敷の隅《すみ》から声をかけてきたのは、定年間近だった馬場さんか……

「……お久しぶりです」

「久しぶり、だね……」

気まずい沈黙《ちんもく》が流れ、2人で部屋の隅に移動したところで、馬場さんが意を決したように口を開く。

「なんだか変な感じだね。会社で毎日のように顔を合わせていたし、呑《の》みの席も数えきれないほどあったはずなんだが、しばらく時間が開いたからだろうか？」

「それは、あると思います」

「元気にしていたかい？」

「はい、元気にやっています。それだけが取り得でしたし、今は周りの人にも恵《めぐ》まれまして」

「そうかい、それはよかった」

困った。馬場さんは元々営業部で長く活躍《かつやく》していたけれど、上の方で諍《いさか》いがあったらしく、開発部に異動してきた人だ。俺の入社と異動のタイミング、あとは職務経験の差で部下になっていたけれど、俺よりはるかに年上。真面目だし仕事はできる人なので信頼はしていたけど、仕事の関係以上に親しかったというわけでもない。

「竹林君には謝らないとと思っていたんだ」

「仕事のことですか？　それなら田淵君から聞きました」

「それもある、けどそれだけじゃない。私が君の部下になってから間もない頃の話だよ。あの頃の私は、お世辞にも態度がいいとは言えなかっただろう。君には不快な思いを沢山《たくさん》させたはずだ」

「それは……」

俺と彼が出会った当時は〝年下の上司と年上の部下〟という関係はまだ社内でも珍《めずら》しかったと思う。転生直前の頃ならともかく、配属当初の彼は相当周囲の偏見《へんけん》や嘲笑《ちょうしょう》にも晒《さら》されたはず。そのことを踏まえて言葉を選ぶ。

「正直に言えば、いきなり年上の部下を持つことになって戸惑《とまど》いましたし、どう扱《あつか》えばいいのか悩《なや》みました。不快に思うことも、なかったと言えば嘘《うそ》になります」

「……」

「ですが、時間が経つに連れてそれもなくなりました。開発部の仕事も、最初は未経験者相応でしたが、指示にはちゃんと従い、覚えることは覚えてくれたでしょう。……仕事に対しての責任感や、社会人としての行動は馬場さんから学んだことが多かったと思っています。

比較対象がおかしいかもしれませんが、課長やコネ入社組の子達と比べれば、些細《ささい》なことだと思っています」

「そうか……確かに彼らと比べれば、大体の事は許せるかもしれないね」

その言葉の後、〝ありがとう〟と言われた気がした。それを確認《かくにん》する間もなく、ワッと座敷の中央が盛り上がる。

「主任！　飛び入り参加の特別ゲストの登場ですよ！」

「特別ゲスト？」

「実は主任の退職後に、会社に電話があったんです。主任と連絡《れんらく》が取れない、長く会ってないから会いたいって人から」

「そうか」

「きっと主任も驚きますよ！」

いったい誰《だれ》だろうか？　そそくさと座敷の入り口に向かい、襖に手をかける田淵君を目で追う。彼はこちらを一度、チラリと確認してから一気に襖を開く。

「!!」

そこにいた2人の姿には、動揺《どうよう》を禁じ得なかった。幻覚《げんかく》だと分かっていても目が離《はな》せず、体が硬直《こうちょく》していることを感じる。

「……母さんと、親父？」

俺の口から漏《も》れた言葉に、母さんが微笑《ほほえ》み、親父は気まずげに顔を逸《そ》らした。そして母だけがこちらにそっと歩いてくる。

「竜馬、久しぶり。あなたったら全然帰ってこないし、連絡もしてこないんだもの。それに連絡先《れんらくさき》も変えていたのなら、ちゃんと教えておきなさい。あなたの会社に連絡することになったじゃない」
ご迷惑《めいわく》をおかけしました、と田淵君や他の参加者にも頭を下げる母を呆然《ぼうぜん》と眺《なが》めている
と、再びこちらに目が向いた。
「まったく、せっかく会えたのに黙《だま》ったままなんて。そういうところは親子よね……ほら、
あなたもこっちに来なさいな」
「ああ……」
母の手招きで親父が近づいてくる。作刀にしか興味のない無愛想な男が、散々迷った上
でここに来たと分かるような態度でゆっくりと。
「……お前には、苦労をかけた」
「お父さんね、これまでのことを謝りたいって。昔は色々あったし、避《さ》けたくなるのは無
理もないけど、また一緒に暮らしたいの」
母の、俺を説得するような言葉が頭の中に染《し》み渡る。心を強く引き寄せられ、他の音が
消えてしまう。両手がそっと俺の手を取ろうと伸びてきて、
「だから、また3人で――」
続く言葉が完成する前に、母の脳天に刀を振り下ろした。

9章23話

手を替え品を替え

驚愕《きょうがく》の表情を浮《う》かべたまま両断された母の顔から魔力が塵《ちり》のように舞《ま》い上がり、母の顔が見知らぬ女性のものへと変わる。返す刀で親父を切り捨て、更《さら》に周囲へ一回り。かつての同僚を模していたモノも、光属性の魔力を纏《まと》わせて切りつける。

唯一《ゆいいつ》、田淵《たぶち》君だけが幽霊《ゆうれい》のような動きで刀を回避《かいひ》して入り口まで下がった。

『何故』

先ほどまでの聞き慣れた声とは打って変わり、彼の口から聞こえたのは老人のようなしゃがれた声。こちらを見る目も親しかった後輩《こうはい》のものではなく、鋭《するど》く睨《にら》みつけるようなものだ。

今の幻覚は過去の会社からの解放。仲間に認められることや和解。そして失った両親。相手の望み、あるいは好む幻覚を見せて懐柔《かいじゅう》ないし戦意喪失《そうしつ》を狙《ねら》うってところか……正直、こっちの世界に来たばかりの俺なら取り込まれていたかもしれない。

『何故、幻《まぼろし》が効かない』

「効いていたさ。見えるものも、聞こえるものも、匂《にお》いも、何もかも記憶にある通りに思えた。心底驚かされた」

だが、効果が確かなだけに不愉快《ふゆかい》にも感じた。死んだ母親の姿を勝手に使われるのは初めてだが、気分のいいものじゃない。

『うッ⁉』

俺の怒気《どき》を感じ取ったのだろう。田淵君の姿をしたナニカが表情を引きつらせ、姿を消すと世界が塗《ぬ》り替わる。居酒屋の一室に見えていたのは、石造りの暗くて長い渡り廊下《ろうか》。居酒屋の匂いも樹海の湿《しめ》り気《け》を含んだ空気に戻った。

周囲の風景は現実に戻ったようだが……

「完全に解けたわけじゃないのか」

姿はまだ竹林竜馬《たけばやしりょうま》のまま、武器もビジネスバッグに見えているが、記憶と意識は確かだし、見えなくとも手放してはいない。自分の得物の位置と長さを把握《はあく》していれば、振るう事に支障はない。

……この屋敷《やしき》は元々、領主の血縁《けつえん》だったコルミ村の初代村長が住むために作られた家だったそうだ。個人宅だけでなく書類の保管庫や集会場などの役割も兼《か》ねていたため、それなりに大きな家だったらしい。

この家は後に樹海開拓《かいたく》の人員の為《ため》に拠点《きよてん》として一時貸し出され、周囲に兵舎や倉庫などの施設《しせつ》が建てられていた歴史がある。しかし状況《じようきよう》の悪化によって拠点も縮小せざるを得なくなり、最終的に家を中心とした施設を一体化して今の形になった。

そのため、屋敷の中心には今も過去の村長宅が離れとして存在している。その村長宅こそが例の魔獣《まじゆう》の本拠地《ほんきよち》。

「黙ってついていけば、そのまま乗り込めるかと思ったんだけど……」

失敗を悔《く》やんでも仕方がない。事前情報によると、渡り廊下まで来れば敵はもう目前。先に進もうとしたところで、再び周囲の光景が変わる。

抵抗されるのは当然だが……今度は会社のオフィス？　かつての職場だ。こんな幻覚を見せて何をするつもり――

「竹林!!」

「……課長かよ」

「なっ、なんだその態度はァ!?」

出てきたのは、懐かしさすら感じない課長だった。今の俺の態度も前世なら悪いとは思うが、相変わらず一瞬で沸騰《ふつとう》したヤカンのように憤《いきどお》って叫ぶ人だ。頭の禿《は》げ上がり具合。脂《あぶら》ぎった輝《かがや》き。叫ぶ勢いで揺《ゆ》れる腹。どこを見ても無駄《むだ》に再現度が高い。

「どこを見てる⁉　この役立たずが！　サボってないでとっとと仕事をしろ！」

課長が怒鳴《どな》り声と共に、いつの間にか持っていた書類の束を俺の机に叩きつける。この量は確実に残業コース……日常だ。

「おい！　サボるなと言ってるだろうが！　とっとと席につゲェッ⁉」

無理矢理《むりやり》席に座《すわ》らせようと手を伸ばしてきたので、反射的に腹をぶん殴《なぐ》ったら、カエルが潰れたような声を出して課長はぶっ倒《たお》れた。

『何故、殴れた……』

先程《さきほど》と同じ声が聞こえたかと思えば、課長が消えてまた景色が変わる。今度は会社の廊下、給湯室の前だ。開け放たれた扉の中には、若い女性社員2人の姿がある。

「はー、つっかれた。てか竹林のオッサンまじでだっるいわ～」

「わかる！　ネイルとかメイクの良《よ》し悪《あ》しなんて何も知らないくせにケチつけんなよって感じ。キッショい親父だけど、黙ってる分だけ課長の方がマシだわ」

「だよね～。キッチリメイクするなら時間がかかるし、崩《くず》れることだってあるんだから、ちょっとくらい会社でやってもいいじゃんね」

ああ、これは当時流石《さすが》にダメだろうと思って話をした時の記憶だ。メイクをするのが悪いんじゃなくて、仕事中だけでいいからギャル系メイクじゃなくてビジネスシーンに適したものにしてくれって話をしたんだけど。

あと会社で直すのはいいけど、始業後30分でメイクを直しに行って2時間戻ってこなくなるのは時間をかけすぎだと思うんだ。しかも戻ってきたら戻ってきたで、また30分後に席を立って同じことを定時まで繰《く》り返すし。……これ、俺がおかしいの？

「てか、これってモラハラだよね？　てことは訴《うった》えたらあいつクビにできる？」

「あー、そうかもぉっ」

「……できてたまるか」

自分でも驚くほど静かに踏み込み、背後からゲラゲラと笑う2人の首を落としていた。

『何故……』

『なんで……』

落ちた首がテレビの主音声と副音声のような、重複した声で疑問を呈《てい》して全てが消える。

いや、何故？　って聞きたいのはこっちの方だ。攻撃《こうげき》してくるわけでもないし、捕まえようとするわけでもない。さっきの田淵君や母さんの方は、まだ幻覚に嵌《は》めようとしていると考えられるけど、今の2回はただ不快な記憶を思い出させられただけ。精々、嫌がらせにしかならない。

あんなものを見せて、一体なにがしたいのか？　それが分からないのが逆に不気味だ。

「おい！　これ追加でやっとけ！　明日の朝までな！」

「うっわ、あの人また課長に怒鳴られてるよ。てか、あの人いくつだっけ？　40近いのに主任とかマジで無能だよな。歳《とし》だけ食って中身がないってやつ？　言われたことを黙ってやることだけしかできないから、ああなるんだろうな」

「あんな生き方で楽しいのかね？　俺には全然わからないわ」

「そうだ、もっと俺達《おれたち》みたいに、世の中で上手《うま》くやれるように教育してやろうか？　俺達も将来は親の会社継《つ》ぐしさ、ダメ社員を一人前にするのも俺達って感じ？」

「ダメダメ、あんなの育てたってコスパ合わないって。そもそも年寄りは頭も固いし、若いってだけで話なんか聞きゃしないじゃん。教える時間と手間をかけるなら、相応の利益を出せる奴を選ばなきゃダメだろ。あんなのお断り」

「こっちこそお断りだっ！　こんの意識だけ高い系社内ニート共がぁ！」

不快な記憶が堰《せき》を切ったように、脳内へあふれ出す。それと呼応するように床《ゆか》、天井《てんじょう》、そして壁《かべ》。建物のいたるところから、アンデッドが茸《きのこ》のように次々と生えてきた。そして周囲の景色も移り変わる。

「せんせー！　竹林君と一緒の班は絶対に嫌《いや》！」

「迷惑なんですよ。あなたがいるだけで、周りがみんな不幸になる。それくらい理解してください」

「竹林さん、体を壊して辞めていく人が沢山いるのに、なんであなただけ元気なの？　本当はろくに仕事をしてないんじゃないの？　どうせ他人にばかり働かせて自分だけサボってるんでしょ。よくないよ、そういうの。本当に良くない。だから今月からはこれまでの3倍働いてね」

「ちょっとすみません、近隣から通報がありましてね。署までご同行願えますか？」

「お前さ、自分が他人と対等に喋れる人間だとでも思ってるわけ？　勘違《かんちが》いすんなよ」

「あんた生きてる価値あるの？」

「竹林君、人にはね、挫折《ざせつ》が必要なんだよ。若い頃《ころ》の苦労は買ってでもしろって言うだろう？　挫折が人を精神的にも肉体的にも強くするんだ。だから私は担任として、君がどれだけ努力しようと、テストでいい成績を取ろうと、君を絶対に認めないんだよ。心を鬼《おに》にして断腸の思いで若い芽を一度叩《たた》き潰す、これはキミのことを思っての愛なんだ。当然、わかってくれるね？」

もはや1つ1つの経緯《けいい》を思い出す前に、次の記憶が割《わ》り込んでくる。聞こえるのは無数の記憶が混ざり合って、会話の前後が繋《つな》がらない罵詈雑言《ばりぞうごん》の嵐《あらし》。言葉としては理解できるが、意味と思考回路が理解できない理不尽な要求に、もはや理解しようとすることすら無意味に感じ、倦怠感《けんたいかん》が体を襲《おそ》う。

「鬱陶《うっとう》しい」

吐《は》き捨てて、詰《つ》め寄ってくる人型をまとめて切り捨てる。1人、2人、3人、4人……顔を認識する必要はない。声を発する間も与《あた》えず、ただ現れた敵を倒す。魔力《まりょく》を感じ、全方位に気を配り、敵の動きと刀を振《ふ》ることに集中すると、徐々《じょじょ》に周囲の音が遠ざかっていく。

前世じゃ何の役にも立たなかった武術の腕前《うでまえ》。学業や仕事に追われて、人によっては〝その歳で中二病なの？〟とか馬鹿にするネタに使われて、正直なところ好きでもない。それでもなんだかんだで死ぬまで鍛錬《たんれん》を続けていたのは、体を動かすことに没頭《ぼっとう》できたからだろう。

どれだけ煩雑《はんざつ》なことに悩まされていても、鍛錬をしている間だけは、それら全てから遠ざかることができる。早い話が、現実逃避《とうひ》だったのかもしれない。

「……」

思考をやめるが、体の動きは鈍《にぶ》らない。幻覚による倦怠感が和《やわ》らぐどころか、むしろ動きが冴《さ》えわたるのを感じて、さらに突《つ》き進む。

『何故、何故だ!?』

『どうして動ける⁉』

『何もできなかったはずなのに⁉』

聞こえた悲鳴は複数あった。しゃがれた声に、子供のような声、若い女の声。だが、どれも例の魔獣の声だと分かる。同時に、今の言葉で理解した。これまで無意味に不快な記憶を見せ続けていたのは、別に嫌がらせや挑発ではなかったことを。

これまでの幻覚の内容は、不快なものは全て俺の記憶の再現。最初は一部を俺の望むように改変していたが、ベースは記憶にあるもの。つまり、この魔獣は幻覚を使うために〝俺の記憶、もしかしたら思考も読み取っている〟。

これを前提とすると、確かに前世の俺は何もできていなかったと思う。どんなに腹が立っても、命にかかわると思った状況以外で誰かに手を上げたこともなければ、口汚《くちぎたな》い暴言を吐かれても反論らしい反論もできたかは怪しい。所謂《いわゆる》、サンドバック状態だ。

課長に仕事を押《お》し付けられれば黙って働き、若い女子が給湯室で陰口《かげぐち》を叩いていれば、そっと引き返す。他の連中も、好き放題暴言を吐いても俺は殴ってこないと思っていたのだろう。

同じように、記憶を読み取った魔獣も〝その記憶を持ち出せば、俺は何もできない〟と踏んだのではないか？　どうだ、違うか？

『グ、ウゥ……』

「当たりっぽいな！」

『――!!』

「ん？」

聞こえたうめき声から推測が正しいと確信したところで、また景色が変わる。今度は幼少期を過ごした家の道場だ。中央に道着を着て木刀を構えた親父が現れるや否や、無言で木刀を振り下ろす。それは先程、俺が母を模したものを切った時と同じく、脳天めがけた一撃。

即座《そくざ》に受け流すが、素早《すばや》い踏み込《こ》みと柄頭《つかがしら》を使った打撃《だげき》が喉《のど》に迫《せま》る。半歩引いて体を開き、腕《うで》とすれ違うように首に切っ先を突きつける――寸前で払い飛ばされた。

「……やりにくい」

動きが完全に記憶の中にある親父のもの。それはつまり、俺と同じ技、同じ型の動きであるということ。

「この程度か」

剣戟《けんげき》の合間に聞こえてくる親父の失望したような呟きが、あの頃を強く思い出させる。

それに伴《ともな》い親父が巨大化《きょだいか》。いや、俺が子供に、服は道着で手には木刀と、当時がより正確に再現される。

戦いながら見えた親父の顔は、義務的に仕方なく教えているのがありありと浮かんでいた。もし〝うんざりとした表情〟を説明するような状況があれば、見本にできそうな顔だ。ここまでに見せられた幻覚の精度からして、昔の親父はこんな顔をしていたのか。こんなことを呟いていたのかと思うが、

「〝再現しすぎ〟だ」

心臓めがけて突き込まれた刀を柔《やわ》らかく受け、円を描《えが》くように巻き込んで崩し、そのまま首へと刃《やいば》を滑《すべ》らせる。肉と首の骨を抵抗《ていこう》なく、だが確実に通り抜けた感触《かんしょく》を残して、親父の姿が消えていく。

道場で圧倒《あっとう》されていたのはあくまでも子供の頃の話。これが仮に当時の力関係を丸ごと再現されたのであれば、俺は幻覚の親父の様子に気づく間もなくやられていただろう。

親父の死後20年以上鍛錬を続け、実戦も経験した今となっては、苦手意識を強く感じただけ。落ち着いて戦えば大きな障害にはならなかった。

「さて……散々イラつかされたし、そろそろ顔を見せてもらおうか！」

気合一閃《いっせん》。上段に構えた刀に渾身《こんしん》の気を込め、道場の壁めがけて振り下ろすと、景色が再び現実に戻る。目の前には目的地である本館に続く扉があり、表面に刻まれた深い刀傷

から扉の向こう側が覗《のぞ》けたが、その必要もないようだ。

扉が荒々《あらあら》しい音を立てて開かれる。中には広間があり、その奥には骸骨《がいこつ》のようにやせ衰《おとろ》えた老人が1人。見覚えのある顔も、そうでない顔も入り混じる大勢のアンデッドを侍《はべ》らせて待ち構えていた。

9章24話 ある魔獣の回想

その魔獣は魔力から生まれた。

親となる個体や血縁が存在しないため、生物というよりも〝現象〟、そして〝発生した〟という表現の方が正確かもしれない。本人にも生まれたという自覚はなく、気づいたら自分はそこにいたという認識《にんしき》だ。

樹海の奥、廃村《はいそん》になった屋敷で目覚めた魔獣に、これといった目的はない。そもそもの話、何が必要で何をすべきか？　自分自身は何者なのかということも理解していなかった。一方で、理解していることもあった。それは村の成り立ちから樹海に呑まれて滅《ほろ》びるまでの、長い間の出来事。当時から明確な自我《じが》を持っていた訳ではなく、おぼろげに頭に浮かぶ程度の儚《はかな》い記憶を頼《たよ》りに、目覚めた魔獣は屋敷の中で過ごしていた。

魔力から生まれた体は一般的《いっぱんてき》な生物とは異なり、食事や睡眠《すいみん》を必要としない。何もせずとも、問題なく生きる事ができてしまう魔獣は、そうして目覚めた後の時を過ごしてきた。

……天に上れずにさまよっていた村の住人の魂《たましい》を捕《と》らえ、偽《いつわ》りの肉体とかつての生活を再現し、稀《まれ》に屋敷に生き物が迷《まよ》い込んだ時には、新たな住人として歓迎《かんげい》する日々を。

そんな魔獣がリョウマの存在に気づいたのは、リョウマ達《たち》が村に到着《とうちゃく》して間もない時。村内に放ったアンデッド達が騒《さわ》がしくなった事に気づくが、警戒《けいかい》はしていない。むしろ、新しい住人が増えるかもしれないと心を躍《おど》らせた。

『なんだろう？　入ってくるかな？』

さらに、翌朝には駆《か》け回るグレンの姿を見つけて、人間が来たことに色めき立つ。こんな樹海の奥に人が来ることなどそうそうあることではなく、記憶にあるのは無茶《むちゃ》をして自力で帰ることのできなくなった冒険者《ぼうけんしゃ》やならず者が数えるほど。アンデッドを大量に放出している今となっては、人間に限らず樹海の生き物が迷い込むこともほとんどなくなっていた。

『いつぶりかな？　どんな人だろう？』

リョウマ達が下準備としてアンデッドを集め始めた時には、屋敷の窓からこっそりと様子を窺《うかが》う。人間が積極的にアンデッドを討伐《とうばつ》することは知っていたが、２人のように自ら大群を引き寄せる者は初めて見た。少なくとも、記憶にある人間の常識からすれば危険極《きわ》まりない行動だが、２人はそれでも生き残れる実力者であることは理解した。

この理解は、２人が屋敷に迫ったところで警戒に変わる。慌《あわ》てて門を固く閉じ、住人を呼び出せるだけ呼び出して守りを固めてもらう。しかし、彼《かれ》らでは全くと言っていいほど歯が立たない。それ以上に困惑《こんわく》したのは、魂の回収ができないこと。

『帰って、こない』

住人が倒されることは珍しくない。危険な樹海の中なのだから、外で魔獣と遭遇《そうぐう》すれば被《ひ》害《がい》が出ない方が少ないが、仮初《かりそめ》の肉体が壊《こわ》れたところで魂を再び取り込めばいくらでも再生できる。だからこそ住人は樹海の中で生活や狩《か》りに勤《いそ》しむことができる。否、そのようにしたのだ、他ならぬ魔獣自身が。

それなのに、何故《なぜ》魂が帰ってこないのか？　と困惑した魔獣は、少し時間をかけて扉《とびら》を開ける事に決めた。2人を誘《さそ》いこんで、住人にしてしまえばいい。記憶を覗いて幻を見せれば、何故住人が帰ってこないのかも教えてもらえるだろうと考えて。

『!?』

だが、ここで誤算が生じる。屋敷に踏《ふ》み込んだリョウマの記憶が、これまでに迷い込んできたどの生き物よりも〝読み取りづらい〟ということ。さらに断片的《だんぺんてき》な記憶にあるのは、何もかもが見たことのない街と人の営み。

それだけでも、過去のコルミ村と樹海の中しか知らない魔獣にとっては衝撃的《しょうげきてき》なものだが、神々からのリョウマに対する依頼《いらい》には輪をかけて衝撃を受けた。

『……』

死者の魂に肉体を与え、住人の営みを観察してきた魔獣は、神々についての一般的な知識は持っている。会ったことも言葉を交《か》わしたこともないが、絶対的な存在である。それが自分自身を抹殺《まっさつ》しようと考えていて、踏み込んできた少年？　はその神々から依頼を受けて、ここまでやってきている。

ここで魔獣はリョウマを明確な敵であり脅威《きょうい》だと認識し、全力で取り込むことに決めたのだが……

『何故だ……何故⁉』

講じた策は失敗に終わり、魔獣とリョウマは僅《わず》かな住人達を挟《はさ》んで相対している。見せ続けた幻覚はリョウマを新たな住人にするどころか、怒《いか》りを買う始末。関係の良し悪しはあれど、見知った人間の姿をしたものを遠慮《えんりょ》なく、そして悉《ことごと》く切り捨てて自分の下《もと》まで殴り込んできてしまった。

「気分の悪いものを散々見せてくれたな」

『グゥッ……侵入者《しんにゅうしゃ》を排除《はいじょ》しろ！』

リョウマが殴りこんだ広間の最奥《さいおう》。骸骨のように痩《や》せ細《ほそ》った老人の声で指示を出すと、広間で待ち構えていた住人が一斉《いっせい》に殺到《さっとう》する。しかし、リョウマは体捌《たいさば》きで敵の攻撃をすり抜《ぬ》けるように躱《かわ》し、敵を光属性の魔力を纏わせた刀で悉く打ち倒していく。

何を狙っているのか？　次はどう動くのか？　撃退のために魔獣はリョウマの思考を読み取ろうと試みるが、失敗。

（間に合わない⁉）

リョウマの頭の中が読みにくいというのもあるが、それ以上に今のリョウマの動きは限りなく反射に近かった。戦うことに没頭した結果、余計な思考が省かれた分だけ対応も早く、次の行動が読めても魔獣と住人が対応しきれない。

幸いにも、外に出した住人達と違い、リョウマに斬《き》られた住人は魂が戻《もど》ってきた。それならばと魔獣は消滅《しょうめつ》した住人を再び呼び出す。魔獣はどうあっても屋敷を離れることができないのだから、退路も存在しない。決死の覚悟《かくご》で住人を呼び出してはけしかける。僅かでも動きが鈍ることに一縷《いちる》の期待を込めて、幻覚で顔見知りの姿を貼《は》り付けて。

「往生際《おうじょうぎわ》が悪い」

何と言われようが、魔獣は必死に抵抗を続ける。騎士《きし》や農民、魂によって再現できる生前の力量にも違いはあるが、拘《こだわ》っていられる状況ではない。手当《てあ》たり次第《しだい》に呼び出す中でも、魔獣の頭には困惑が渦巻《うずま》いていた。

（なんで？　なんで？　なんで？）

一言で言えば、魔獣は〝経験不足〟。これに尽《つ》きる。昔の人の営みを多少知っているとはいえ、それは魔獣自身が経験したことではない。今の形になり、人の魂を取り込むようになってからも、まだ数年といったところ。

なまじ強力で初見殺しな能力を持っていたが故に、これまで自分の能力が効かない相手と相対した事もなく、戦い方の指導をしてくれるような人間もいない。魔獣にとって、生まれて初めての想定外が今だった。

（どうする？　どうする？）

戦力は拮抗《きっこう》している。人間ならば体力や魔力に限界はあるはず。永遠に復活できる住人達がいる以上、持久戦では有利になるはず。しかし、何かがおかしい。魔獣の心を漠然《ばくぜん》と、だが強烈《きょうれつ》な不安が襲う。自分を殺しに来た人間がいるということ以上の〝何か〟、理解できないものが魔獣の焦《あせ》りを加速させていく。

『あ……』

だが、ここで1人の住人がその動きを鈍らせた。既《すで》に命を失い、幻覚に取り込まれ、疲《ひ》労《ろう》も恐怖《きょうふ》もないはずの体が小刻みに震《ふる》えている。それは魔獣の命令に抵抗するような反応ではなく、本能的にそうなってしまったもの。

「あ、ああ……」

懸命《けんめい》にリョウマを押し留《とど》めるが、1人の震えは次々と他の住人にも伝播《でんぱ》していく。全体の動きが徐々に鈍り、住人達は少しずつ押し込まれる。それに伴い、さらに住人たちの震えは激しく、中には戦意を喪失して動かなくなる者も出てきた。

(これ、知ってる。知らないけど、知ってる。ダメ、ダメだ。これはダメ、ダメダメダメダメダメ――――)

住人達は取り込まれた魂を元にして作られたために、記憶《きおく》や人格も限りなく生前に近い。それ故に、通常のアンデッドよりも〝感情〟が行動に現れる。そんな住人を操《あやつ》るためにかけていた幻覚が、それを超《こ》える恐怖で塗りつぶされていた。

そんな彼らを通して、魔獣の心も恐怖に蝕《むしば》まれていく。一歩、また一歩と戦線が押し込まれる度に、恐怖が強くなる。

『なんだ、なんなんだ貴様はァ!!』

苦《くる》し紛《まぎ》れに放った叫《さけ》びは、前線で戦う住人の援護《えんご》にすらならない。打つ手なし。どうしようもない。そんな言葉が頭をよぎり、ようやく魔獣は自分の恐怖の源泉を理解した。

(人じゃ、ない。目の前にいるコレは人じゃない)

それは、魔獣が知識として知っているものだが、経験したことのないもの。

住人達が経験し、人に限らず生き物ならば本能的に恐怖し、忌避《きひ》するもの。

時に魔獣、時に自然現象、時には病……様々な姿で訪《おとず》れる、理不尽《りふじん》なもの。
（コレは――〝死〟だ）
人の姿をした死が近づいてくる。より強い恐怖で作り物の肌《はだ》が粟立《あわだ》ち、逃《に》げろという絶《ぜっ》叫《きょう》と、逃げられないという絶望が心の中でぶつかり合った、丁度その時。盾《たて》になっていた住人が切り倒され、魔獣とリョウマの視線が交差する。
『ヒィッ!?』
弾《はじ》かれるようにその場から逃げ出したのは、考えてのことではない。ただ体が動いただ
けで、逃げ道もない。とにかくその場を離れたいという一心で、自身の背後にあった扉の
中へと駆け込んだ。
だが、扉一枚で繋がっている部屋では逃げ込んだところで時間稼《かせ》ぎにもならない。一拍《いっぱく》
遅《おく》れてリョウマも部屋に飛び込む。
（いやだ、いやだいやだいやだいやだいやだいやだいやだいやだいや
だいやだいやだいやだいやだいやだいやだいやだいやだいやだいやだ
いやだいやだいやだいやだいやだいやだいやだ――いやだ！）
半ば捨て鉢《ばち》になった魔獣が部屋中に住人を生み出す。それがたとえ恐怖で動けなくとも、
魔獣には他の方法を考える余裕《よゆう》がない。ただひたすらに、膨大《ぼうだい》な魔力を用いて呼び出した

アンデッドに、リョウマが傷つけることに抵抗を覚える人間の姿を貼り付ける。

「リョウマ！　ちょっと待て！」

「兄ちゃん！」

「リョウマ君！」

「店長！」

「リョウマ！　やめるのにゃー！」

「リョウマさん！　落ち着いてください」

ギムルの人々。店の従業員。旅先の子供……そして何よりも公爵家《こうしゃくけ》の人々。

二度目の人生で出会い、多くの思い出をくれた人々が現れ、同時に制止の言葉を叫ぶ。

「『カッタートルネード』」

その一切《いっさい》は、風の刃を纏う竜巻《たつまき》によって掻《か》き消された。

声も、姿も、部屋の中に吹《ふ》き荒《あ》れる暴風が切り刻んで吹き飛ばす。

風の刃をその身に受けた魔獣は、苦しみの中で見た。

竜巻でこじ開けた道を駆けるリョウマと、迫る刀の切っ先を。

その瞬間《しゅんかん》、魔獣は思った。

〝もう逃げられない〟、でも〝死にたくない〟。

（――――）

それは、魔獣の最後の抵抗だった。

死を目前にして、死を強く意識した魔獣が、無自覚かつ死《し》に物狂《ものぐる》いで生み出した幻覚。

数多《あまた》の住人が命を落とし、魔獣が見守ってきた人々の記憶の再現。

――魔獣の体から湧《わ》き出した濃密《のうみつ》な闇《やみ》と共に、〝死〟の概念《がいねん》が部屋中を飲み込んだ。

9章25話　魔獣の正体

『ハッ、ハッ、ハ……』

必要のない吐息《といき》は荒《あら》く、存在しない心臓が破裂《はれつ》しそうなほどに脈打つ。老人の姿は崩れ去り、人の形をした黒いもやと化した魔獣の首をはねる寸前で刃が止まっていた。

刃の先には刀の鍔《つば》、柄《え》を握《にぎ》るリョウマの手は痛々しく焼け爛《ただ》れ、繋がる腕には獣《けもの》の噛《か》み跡《あと》で骨がむき出し。胴《どう》には肩口《かたぐち》から脇腹《わきばら》まで引き裂《さ》く三本の爪跡《つめあと》が刻まれ、頭は鈍器《どんき》で殴られ潰《つぶ》れている。その他にも大小様々、無数の傷跡と大量の出血が、リョウマを死体に変えていた。

『なん、で』

自分の首が繋がっている事が信じられないと戸惑《とまど》いながら、魔獣は問う。

「痛ってぇ……死ぬかと思った」

死体と化したリョウマが、呻《うめ》くような独り言と共に動き、刀を引く。ここで、ひとまず命は助かったことを理解した魔獣が脱力《だつりょく》すると、リョウマの致命傷《ちめいしょう》が溶《と》けるように、無事な肉体へと変わる。

「あ、痛みが消えた。やっぱり幻覚《げんかく》……ここで実際に亡《な》くなった人の死因、死に際の記憶か」

『何故だ』

「なんでなんでって、そればっかりだな……まぁ、これでようやくまともに話ができるか」

『話……？　……お前は、神から私を殺すように命じられたのではないのか？』

再び問いかける魔獣を、リョウマは警戒しながらも表情に疑問を浮かべる。また、それを本心だと感じ取った魔獣はさらに困惑した。数秒、見つめ合う形で沈黙《ちんもく》が流れ、可能性に思い至ったリョウマが口を開く。

「あー……色々言いたいことはあるけど、まず1つ。神々からの依頼については、俺《おれ》の記憶を読んで判断したんだろう。でも俺はお前を、厳密にはお前の〝能力〟を〝どうにかしてくれ〟と頼《たの》まれたのであってお前を殺してくれなんて頼まれていない」

『なっ、だが、神は私を排除すると』

「それは神々がやるならの話じゃないか？　彼らは力が強すぎて、手加減しても樹海まで巻き込んで消し飛ばしてしまうって言っていたし。だから俺に依頼して、被害を最小限にしようとしたんだろう。

俺も選択肢《せんたくし》の1つとして、他に手がなければ排除も考えていた。でも、問答無用で殺そうとは思ってない。死者の魂を解放して、今後もその力を使わないでくれるなら、命までは取らなくてもいい」

『だ、だったら何故、お前は私を殺しに来た⁉　お前が本気であったことは分かっているのだぞ⁉』

ここまでの殺意と、今の言葉。人の心を読む能力を有するが故に、魔獣はそのどちらにも嘘《うそ》がない事を理解してしまった。それが余計に困惑を深め、思わず叫ぶように問いただす。だが、リョウマの答えは非常にあっさりとしたもの。

「〝制圧していつでも排除できる〟という確信がないと、まず交渉《こうしょう》の場に立てないと思ったからだ。幻覚を見た後はシンプルにムカついていたのもあるけど」

その言葉を補足するように、リョウマは続けた。

まず突入《とつにゅう》前の時点で、魔獣と言葉が通じるかは不明。仮に言葉が通じたとしても、会話にならないことは人間同士でもざらにある。相性《あいしょう》が悪ければ軍隊でも敵《かな》わない魔獣を相手にするならば、まずは全力で当たる。捕獲《ほかく》をする余裕があれば、契約《けいやく》して交渉を始めるつもりであった。

また、神々が排除もやむなしと考えるような重要案件で〝根拠《こんきょ》も対策もないけど、本人がもう使わないって言っているから許してやって！〟などと俺が報告しようものなら、神々も首を縦には振らないだろう。依頼を受けた側としても無責任であり、いざという時に後始末ができる事を確認《かくにん》しておく必要がある。

そうでなければ、特に慎重派《しんちょうは》のフェルノベリアと、初対面のメルトリーゼは納得《なっとく》しないだろう……と。

『だから、本気で殺しに来たというのか……なら、アンデッドは討伐するというのは？』

「アンデッドは全部討伐、協力が得られるなら解放してもらうつもりだけど……長い年月をかけて、住人が発する魔力が蓄積《ちくせき》して生まれた付喪神《つくもがみ》。分類としては〝妖精《ようせい》〟だろ？」

そう言って、リョウマは確認のために魔獣鑑定《まじゅうかんてい》の魔法を使う。

――

家妖精（付喪神）

スキル　擬態《ぎたい》（10）　再生（7）　幻術《げんじゅつ》（10）　死霊術《しりょう》（6）　遺体安置（9）　並列思考《へいれつ》

（5）　魔力吸収（6）　魂縛《こんばく》（※※）

――

「妖精は大自然の魔力を元に生まれる存在と、物体に染《し》み付いた人間の魔力から生まれる存在があり、お前は後者の方。尤《もっと》も、魔力が蓄積する段階で樹海に呑《の》まれた影響《えいきょう》で、大自然の魔力も大いに混ざったから前者でもあるというか、中間みたいな感じらしいが……とにかくお前はアンデッドじゃなくて妖精。そんでもって本体はこの屋敷だと聞いている」

『そこまで知った上で、私の中に入ってきたのか。人間でいえば腹の中に飛び込むようなものだというのに』

呆《あき》れ半分、観念半分の魔獣の言葉を聞いて、リョウマは僅かに眉《まゆ》をよせる。

「正体が暴《あば》かれたついでに、その年寄りの声もやめたらどうだ？　たぶんだけど、中身は子供だろ」

『……何故《なぜ》わかった』

顔は輪郭《りんかく》しかなくなっているが、愕然《がくぜん》としていることが声色《こわいろ》と雰囲気《ふんいき》からでも分かる。

「いや、戦っていてなんとなく。劣勢《れっせい》になって冷静さを失い始めたあたりからだんだんと子供の声も漏《も》れていた気がするし、今思えば何故何故言っていたのも、小さい子供がなんでなんでって聞くやつかと」

『そう……』

呟《つぶや》いて、魔獣の姿が変わる。体の形は変わらず人のシルエットだが、大人サイズだったものが3～4歳のサイズまで縮む。それと合わせて、ゆらめいていた輪郭がはっきりとした。例えるならば、黒い子供のマネキンのような姿だ。

「それが本当の姿、でいいのか？」

『この大きさが一番しっくりくる。本物の人間の姿はない』

「本体は屋敷なわけだしな……まぁいいか。とりあえず俺の目的と方針は話したが、さっきのスキルで言うと〝魂縛〟か？　死者の魂を解放して、今後その力を使わないのなら、命は取らない。このまま速《すみ》やかに立ち去ると約束するが、どうだ？」

リョウマの問いかけに対し、魔獣は子供が初めて見るものに近づくように、おずおずと質問を返す。

『本当に、殺さない？』

「死者の魂を解放してくれるならな。個人的に、見せられた幻覚の内容にはムカついたけど、だからって必要もなく子供を殺そうとは思わん。必要とはいえ他人の家に押し入ったようなものだから、反撃されても仕方ない。

幻覚もお前に対する怒りというより、前世の連中に対する怒りだしな……わざわざ見せられたことは不快ではあったけど」

そう言いながらリョウマが視線を部屋に向けると、風の刃の傷跡がいたるところに残っている。

「ここはお前にとって最重要区画。スライムで言えば核《かく》に相当する、腹の中どころか心臓部であると同時に、能力を最大限発揮できる空間だろう？　最後のはだいぶキツかったけど耐《た》えられたし、即座に行動不能になるようなものでもなかった。

　次があれば、もっと早くここまで来られる」

『……その時に、もっと強くなっていたら？』

「その時は、それも含《ふく》めて俺の責任だな。自爆覚悟《じばくかくご》で仕留めに来るさ」

『死ぬのが怖《こわ》くないの？』

　驚《おどろ》いたように問われて、リョウマは天井を仰《あお》ぎ見る。

「怖いというか、俺はそもそも一度死んでいるからな……」

『あっ』

「どちらかといえば今こうして生きている方が奇跡《きせき》だし、死んだら本来あるべき姿に戻るだけって気もするから、あんまりピンと来ないと言うのが正しいか？　前世で気づいたら死んでいて、さっき見た記憶やここの住人達みたいに死が迫るって感覚がなかったのもあるかもしれないけど、あまり意識しないな。

　意識したところで、例えば魔獣に襲われて死にそうな状況《じょうきょう》で怯《おび》えて動けなくなったらそれこそ死ぬだろ？　親父《おやじ》にも死にそうなときほど動いて相手を殺せと教えられたし……何度思い返しても現代人とは思えないな……武術の心得としても、子供に教えることかっつの」

途中《とちゅう》からは父親と幼少期の指導についての疑問に変わっていたが、少なくともリョウマと敵対すれば、再び躊躇《ちゅうちょ》なく攻《せ》め込んでくることを魔獣は理解した。そして、仮にリョウマを撃退したとしても、その場合は神から抗《あらが》いようのない力で排除される事になるだろう。リョウマに勝つか負けるかは、結局のところ死までの猶予《ゆうよ》が延《の》びるか否《いな》かの問題。魔獣が本当に生き延びることを考えるならば、魂の解放と能力の封印《ふういん》を約束する他に選択肢はない。それを理解してなお、魔獣は返答に詰まっていた。

「やり方を知らないとか、何か解放できない理由があるのか？　こちらからの要求は伝えたけど、そっちにもそっちの理由があるんだろうし、何か条件があるなら聞くつもりだ。勿論《もちろん》互《たが》いに譲《ゆず》れないことはあるだろうけど、とりあえず話してみないか？」

『……寂《さび》しい』

それから、魔獣はぽつぽつと語り始めた。

気づいたら、自我が芽生えていたこと。

その時には既に、屋敷の住人は死に絶えていたこと。

村が樹海に飲み込まれる前からの記憶だけが残っていたこと。

『昔は……みんな笑っていた。お金はなかったけど、それでも幸せそうで……でも、どんどん変わっていった。村も、人も、全部……』

樹海の開拓《かいたく》が始まってからは、最初の拠点《きょてん》で聞いたように好景気が訪れた。しかし、状況が悪くなってからは人々の関係も悪くなった。余裕が失われ、人々の顔から笑顔《えがお》が消え、些細《ささい》なことで争いが起こり、刃傷沙汰《にんじょうざた》にまで発展することが珍《めずら》しくなくなる。

村が滅びるまでの経緯を聞きながら、リョウマは思考をめぐらせた。

（人の魔力から生まれた妖精の性質は、元となった物品の所有者の性格や環境《かんきょう》の影響を受ける。幸せな家庭で大事にされれば、人を見守り幸福を呼び込む守り神のような存在になる。逆に粗末《そまつ》に扱《あつか》われれば、人を憎《にく》んで傷つけるような存在になるらしい。

……話を聞く限り、こいつは良い環境にあった方の時間が長くて、人を見守る方の妖精。だけど、完全に生まれる前にはその住人がいなくなっていた。それが〝寂しい〟という言葉に繋がるわけか。魂縛とかいうスキルを得たのも、それが理由として大きそうだ）

その推測を裏付けるように、魔獣はさらに語った。

記憶を思い出して暇《ひま》を潰し、たまに生き残りがいないかと屋敷の窓から周囲を眺《なが》めた。村の生き残りが見つかることはなかったが、代わりに見つけたのがアンデッドや魂。魔獣が取り込む以前から、神の御許《みもと》に行けずに村の中をさまよっていた霊《れい》がいた。

しかし、それも徐々に薄《うす》れて消えていく。行かないでほしい。できれば一緒《いっしょ》にいてほしい。

そう思っていたら、いつの間にか能力を手にしていたのだという。

「ああ……その願いと魔力が合わさって、無意識に死霊術とか魂を縛《しば》り付ける呪《のろ》いみたいになったわけか。レミリー姉さんも〝魔法は概念、魔力の消耗《しょうもう》さえどうにかできれば、理論上は何だってできる〟みたいなこと言ってたしな……」

神々の言っていた自然の魔力を取り込んで使う能力が〝魔力吸収〟だろうし、周囲が豊富な魔力を生み出す樹海であることを考えると、色々と上手《うま》いこと噛み合った結果がこうなったっぽいな」

『わからない……でも、一人は嫌《いや》……』

泣きそうな声で訴《うった》える魔獣に、リョウマはしばし考えて提案する。

「それなら、俺の従魔になるか？」

『従魔？』

「俺は今後もちょくちょく樹海に来ようと思っている。素材採取に実験、あとはバカンス目的で便利だからな。そういう時に泊《と》まれる拠点があると助かるし、俺は従魔術と空間魔法を組み合わせて、従魔のいる所に転移ができる。他の人間よりは気軽に顔を出すことができるはずだ。

それに従魔のゴブリンの一部を、ここで生活させてもらえると助かる。今のところはまだ問題ないけど、このままのペースで増えていくと近隣《きんりん》住民の方が不安に思われるかもしれないからな。周囲の人を気にする必要のない場所があれば安心だ。

あとは……公爵家に頼めば、自分からここに移住したがる変わり者も見つかるかもしれない。どうだ？」

『……考えたことがない。ここにはもう、誰《だれ》も来なかったから……来ないと思っていた』

「普通《ふつう》の人にとって辛《つら》い環境なのは認める。だけど俺には関係ない。急に押しかけてこう言うのもなんだけど、割と好条件だと思うんだが」

それから魔獣は黙《だま》り込み、数分かけて答えを出した。

『皆《みんな》を、解放する』

「そうか！」

『解放するけど、まずスライムの中？　にいる皆を返してほしい。解放も復活も、魂が屋敷の中にいる状態でないとできない。それから解放するまでに時間がほしい魂がある』

「スライムの方は呼べばすぐに。時間は……あと100年とか言われると困るが、少しくらいなら待てると思う。細部はまた詰《つ》めるとして、解放については合意ということで従魔契約《けいやく》しておくか。そうしておけば意思もある程度伝わるし」

『なら、こっち』

魔獣はそっと手を伸ばし、自分が背にしていた机の前にリョウマを誘う。

「ずっと背にしていたから察してはいたが、この机がこの部屋の中でも特に重要な部分か」

『そう。喜ぶ人も笑う人も、怒《おこ》る人も泣く人も、この屋敷の主になった人が使っていた机。この部屋は会議室でもあったから』

「コルミ村の歴史と、住人の魔力《まりょく》がより多く染み付いたわけか。ならいくぞ『従魔契約』！」

契約の魔法を発動すると、リョウマは自分の魔力が受け入れられる感覚を覚える。

(事前に合意があるからか？　問題はなさそうだ)

そのまま魔力が繋《つな》がる感触で、契約は完了《かんりょう》。

「何か体に異常はあるか？」

『んー……ない』

「なら、ひとまずはこれでよし。あとは名前か」

『名前!?　くれるの!?』

「いつまでもお前とか魔獣って呼ぶわけにもいかないだろ。今後も付き合いを続けるなら尚更《なおさら》。センスはないからあまり期待されても困るが……」

マネキンの頭に輝《かがや》いた目が見えた気がして、困ったリョウマは部屋を見回す。そして目を止めたのは、今契約の対象としたばかりの机だった。

「〝コルミ〟はどうだ？」

「コルミ、村の名前と同じ？」

「コルミ村の歴史と人を見守り続けてきた屋敷から生まれた妖精で、ある意味最後の生き残りだからな。嫌なら断ってもらってもいいんだけど――」

「嫌じゃない！　コルミはコルミ！」

「――うぉっ!?」

突然《とつぜん》の万歳《ばんざい》から、部屋を猛《もう》スピードで駆けまわり始めるコルミ。契約の効果で喜びの感情が伝わってくると同時に、部屋のいたるところから家鳴りが発生して騒がしくなる。そこだけ見れば完全に幽霊屋敷《ゆうれいやしき》の心霊現象だが、

「喜んでいるみたいだし、いいか……後味の悪い仕事にならなくて良かった」

魔獣改めコルミの様子と、神々の依頼の山場を無事に超えたことに、リョウマは密《ひそ》かに胸をなでおろしていた。

9章26話　お見送り

コルミとの契約後、解放に関する詳細《しょうさい》を話してから一度エントランスに戻ると、開け放たれた門の外でグレンさんが待っていた。コルミは子供らしく、俺の背中に隠《かく》れて頭だけ出している。

「お待たせしました」

「そんなには待ってねぇよ。つーか、うまくやったんだろうとは思うが……そいつか？　ここにいた魔獣ってのは」

「はい。妖精のコルミです。一度抑《おさ》え込《こ》んでからは会話ができたので、アンデッドを解放することを条件に、命は取らないことにしました。もう従魔になっています」

「ほー、まぁ、お前がそれでいいなら俺は構わねぇ。それよりさっきまでこの門や柵《さく》が開かなかったのも、こいつの力なんだよな？」

「門？　そうだと思いますが……コルミ？」

「この人、ずっと叩《たた》いていた。直すの大変……」

「すぐ直るせいでぶち破るのに苦戦したが、まさかこんなちっこい奴《やつ》の仕業《しわざ》だとは思わなかったぜ。で、話がついたってことは、ここでの用事は終わりか？」

「それが、もう少しかかりそうです」

コルミが話していた〝解放を待ってもらいたい魂《たましい》〟に関することなのだが、この屋敷には現在1匹《ぴき》だけキャノンボールライノスの子供が出入りしているらしく、その魂はその子の母親。

2匹は外で敵に襲《おそ》われて屋敷まで逃げ込んだものの、親はその後に怪我《けが》が悪化して亡くなってしまった。そして、それを見ていたコルミは母親の魂をアンデッド化して、今も子供と一緒に生活させているのだそうだ。

元が野生の魔獣なので、基本的に屋敷の外で暮らしているらしいが、母親の方は死霊術で呼べば来る。もちろん解放もできるけれど、できれば子供ライノスをもう少し、親と一緒に居させてやりたいということだった。

「ガキに泣かれちまったわけか」

「コルミが言うには、母親の方は野生で生きてきたからか、自分が死んだことには納得しているみたいなんです。ただ〝遺《のこ》される子供が心配だ。新しい群れに入ってほしい。できれば、その群れは子供が大きくなるまで守る力があるのか見極《みきわ》めたい〟と考えているらしくて」

「……なんだそりゃ？　魔獣のアンデッドって、そんなに人みてぇなこと考えてんのか？」

「キャノンボールライノス、樹海の魔獣の中では頭がいい方だよ」

「幻覚とか闇《やみ》魔法で意思疎通《そつう》をして、母ライノスの意思を解釈《かいしゃく》して言語化した結果が今の内容みたいです」

「ああ、さっきのが丸々魔獣の言葉ってわけじゃないわけか。魔獣だって親は子を護《まも》る奴はいるし、情もあるだろうな。てか魔獣とそこまで話せるのはスゲェな」

「コルミが能力を全力で活用すれば〝言葉の壁《かべ》〟なんて存在しないでしょうね」

その能力はおそらく、前世のどんな翻訳機《ほんやくき》よりも優《すぐ》れているだろう。なにせ思ったことが筒抜《つつぬ》けになるに等しいのだから、誤解や認識《にんしき》の齟齬《そご》も起こりづらい。一歩踏み込めば相手の記憶を抜くことも可能なことが、信用面でネックになるだろうから活用は難しそうだけれど、それはまた別の話だ。

「コルミが聞いた話によると、親子がいた群れはリーダーが突然暴走して崩壊《ほうかい》したそうです。そのリーダーが定期的にこのあたりを巡回《じゅんかい》しているそうなので、そいつが来た時に仕留めれば十分に力を示せるだろうとのことです」

「ってことは、もうしばらくこの辺にいるわけだな」

「はい、これまでの傾向《けいこう》からして数日中に、この村の中にある溜《た》め池に来るそうです。おかしくなってからは毎回暴れまくって騒音《そうおん》を立てているので、来たらすぐに分かるそうですが……グレンさんも残りますか？」

「おう。まだアイテムバッグにも少し余裕はあるし、他に急ぎの用事があるわけでもねぇ。どうせならお前と一緒に戻った方が色々と楽だしな」

「そりゃ、あんな野営と比べればそうでしょうね」

すっかり餌付《えづ》けをしてしまったかもしれない……まぁ、すぐ用意できるし、宿代と考えれば十分以上に働いてくれるので別に構わないけど。

「あ、料理で思い出しましたけど、グレンさんが狩《か》った獲物《えもの》って解体はしているんですか？僕《ぼく》が見た限り、全部魔法道具に放《ほう》り込んでいたように見えましたけど」

「放り込んでそのままだな。解体した方がいいのは知ってるが、俺がやるとナイフはすぐ刃《は》がこぼれるし、肉も皮もボロボロになるんで〝下手にやるくらいならそのまま持ってきてくれ！〟って言われてんだよ」

そのために、グレンさんの収納用魔法道具には氷魔法で素材の劣化《れっか》を防ぐ効果も付与《ふよ》されているらしい。ただのアイテムボックスではなく、クーラーボックスだったわけだ。

「だったら、うちのゴブリンに解体させますか？　解体が生きがいみたいな奴がいるので、獲物を渡《わた》せば喜んでやってくれますし、不要な部位を取り除けば収納スペースにも余裕ができるでしょう。

　こちらも解体で出た不要な部位を貰《もら》えればスライム達《たち》の餌《えさ》にできますし、それを再利用することでゴブリン達への報酬《ほうしゅう》も用意できますから」

「マジか。ならとりあえずラプターは全部頼む。こいつは鱗《うろこ》、爪《つめ》、牙《きば》だけにしてくれ。他の奴は一旦《いったん》中身を整理してから頼むわ。どこに置けばいい？」

「とりあえずディメンションホームに――」

　そう言いかけたところで、左手の袖《そで》が引かれる。

「コルミ？」

「倉庫、ある。解体用の設備も」

「ああ、そうか。ここは樹海の開拓拠点だったんだもんな」

「軍事拠点で避難所《ひなんじょ》でもあったから……たぶん、リョウマが必要な施設《しせつ》は一通りある」

　ということで、グレンさんの獲物解体には屋敷の施設を使うことになった。

　なお、それに伴《ともな》いグレンさんが屋敷に入る前に、コルミには同意なく能力を使用しないようにと指示をして約束もしているが、闇魔法による幻覚も精神攻撃《こうげき》も〝やろうと思えば可能〟な状態にあることをあらかじめ伝えたところ、

「ああ、まぁ、大丈夫《だいじょうぶ》じゃね？　さっきまでと違《ちが》って、今は別にヤベェ感じはしねぇし」

と、気にせず屋敷に入っていた。

また、コルミの再生能力とアンデッドによる維持《いじ》管理が行われていた屋敷の中は、古さは感じるものの手入れは行き届いていて、そのままでも十分に利用可能な状態。当然のように寝泊《ねとま》りができる状態だったため、今日からはこの屋敷を拠点として活用することになった。

■　■　■

「コルミ、準備はいいか？」

「うん……」

グレンさんを倉庫に残して、俺達はグレイブスライムと中庭の一角にいる。かつてはここも最初の拠点のように、魔獣を使った物資の空輸に使われていたらしいが、今となってはただの庭。それもあまり広くはないが、魂を解放するだけなら十分だろう。

「まずは何からすればいい？」

「アンデッドを出してくれれば、解放できる。でも、引き止めるのをやめるだけ」

「それならお焚《た》き上げの準備もしておくか……俺の魔法の詳細は分かるか？　記憶を読んでいいから」

「……理解した。解放した人にも、意味を伝える？」

「んー……いや、普通にご冥福《めいふく》をお祈《いの》りしてくれればいいよ」

死者を見送る準備を整えて、グレイブスライム達に取り込んでいたアンデッドを少しずつ放出してもらう。先に出てきたのはゾンビやスケルトンなどの、外見からして人に見えないアンデッド達だ。出てきた彼《かれ》らは午前中までと様子が違い、少し戸惑うような素振《そぶ》りは見せたものの、抗うことなく煙《けむり》を浴びて消えていく。

「これでいいのか？」

「うん、消えた人はもういない」

コルミは少々寂しそうではあるが、思ったよりもあっさりと見送っている。解放の交渉をした時の様子から、もっと悲しんでやっぱり嫌だと言い出さないか？　という懸念《けねん》もあったのだけれど……

「そうだ、彼らとの思い出とか、聞いてもいいか？」

「思い出……」

「ああ、嫌なら無理に言わなくていいぞ」

「嫌ではない。ただ、あまり話すことがないだけ」

聞けば、コルミは寂しさから死者の魂をこの世に縛り付けてはいたが、あまり交流を持っていたわけではないようだ。

なんでも魂を捕《つか》まえたはいいが、アンデッドにすると生前の記憶《きおく》、特に死亡した時の記憶が残っていて錯乱《さくらん》したり、そもそも樹海に呑まれて困窮《こんきゅう》した生活の影響で荒《すさ》んでいる人が多かったりと、言葉が通じても魔獣《コルミ》に好意的な人はいなかったそうだ。

そのため、コルミは俺が最初に踏《ふ》み込んだ時のような〝相手の望みや幸せだったと感じた記憶〟を幻覚として見せていた。しかしこちらの方法では、精神状態が安定した代わりに住人が幻覚にとらわれてしまい、コルミに見向きもしなくなったのだという。

しかし、それでコルミに不満はなかった。もちろん交流できればそれはそれで嬉《うれ》しいそうだが、住人を集めて〝観察〟できればそれだけでも満足とのこと。

俺はずっとコルミの寂しいという言葉を聞いてから、〝住人との交流〟を求めていると思っていたが〝誰かに住んでほしい〟という意味合いの方が強いようだ。

「言われてみればコルミは家なのだからその方が普通、か？」

普通かどうかはともかくとして、感覚が少し違っていたのだろう。そう考えると、最初はだいぶ渋《しぶ》っていたのに、俺やゴブリンが住むと言ったらすんなりと解放に了承《りょうしょう》したのも納得できる。

「そういうことなら、ゴブリン達はどんどん増えていくからな」

「楽しみ」

「今も解体しているだろうし、酒造りとかもやっていくだろうけど大丈夫か？」

「部屋は沢山《たくさん》空いてるよー。害虫や魔獣は入ってきたらすぐわかるし、敷地内《しきちない》なら幻覚で追い返せるから大丈夫ー」

「少なくともこの屋敷に収まる数なら、問題なさそうだな」

アンデッド達が煙と共に天に昇《のぼ》り、次のアンデッド達がグレイブスライムから出てくる。その入れ替《か》わりを眺めながら、合間にたわいもない話をしていると、徐々《じょじょ》に人間とほぼ遜《そん》色《しょく》のない姿の個体が出てきた。

「ぬっ⁉　外、いや拠点の中庭か？」

「我々は外にいたはずでは」

「くそっ！　俺の部下がいない⁉」

「おお！　神よ！」

スライムの中でも意識があったのか、突然放り出されて驚いた様子。だが、こちらに目を止めるのに時間はかからなかった。

「おいテメェ！　俺の部下を何処《どこ》に――」

「コルミ？」

「暴れるから……ついでに説明もする」

　門前での戦いが続いていると考えていたのだろう。全員こちらに敵意を向けてきていたが、俺が迎撃《げいげき》する前にコルミが幻覚で動きを止めた。おそらく、これまでのアンデッドと同じで既《すで》に魂は解放されているだろうけれど……あちらに動く様子はないし、見守ろう。

「嘘だ……幻《まぼろし》なんて信じねぇぞ！　俺は王ですらひれ伏《ふ》す大盗賊《とうぞく》だぞ⁉」

　一通りの説明を終えたらしく、十数名のアンデッドが各々騒《おのおのざわ》めいているが、特にうるさい奴がいる。おそらくは流刑扱《るけいあつか》いで樹海に放り込まれた元盗賊か何かだろう。それで自分の成功……盗賊の時点で成功と言えるのかは疑問だけど、それが幻だったという現実を受け入れられないようだ。

　これは強制的にお祓《はら》いコースかと準備をした、その時。

「黙るがいい、見苦しい」

「何だと⁉」

　ここで、叫《さけ》ぶ元盗賊の肩《かた》を掴《つか》んだのは甲冑《かっちゅう》を着た男。彼は確か……門の前でデストリア男爵《だんしゃく》と名乗りを上げて警告していた人だ。

「離《はな》せ！　誰の腕《うで》を掴んでやがる！」

「貴様の顔も名前も知らん。だが、自分が死んだことは理解しているのだろう？」

「うっ、そ、それこそ幻だ！　その魔獣が俺を騙《だま》そうとしたんだろ！」

「見苦しい……今なら分かる、私はあの時に死んでいたのだと。そして、この導かれるような感覚は……貴殿《きでん》か」

おっと、男爵の目がこっちに向いた。

「名を聞いてもいいだろうか？」

「リョウマ・タケバヤシと申します」

「聞いたことのない名だが……いや、詮索《せんさく》はすまい。私はアルス・デストリア。私を解放してくれたことに感謝を。捕《と》らわれていた間も悪くはなかったが、部下を待たせてしまっただろうからな。私は大人しく去ることにする。

可能であれば、私の家族に私の死と〝私は最後まで戦った〟と伝えてほしい」

「幸いなことに、公爵家《こうしやく》に伝手《つて》があります。私個人にデストリア男爵家との関係はありませんが、縁《えん》を頼《たよ》って必ず伝えましょう」

「ありがたい。礼にもならんが、この男は私が連れていくので安心してくれ」

「なっ!?　勝手なことを言うんじゃねぇ！　離せ！　くそっ！」

「この程度も振《ふ》り払《はら》えずに、大盗賊などとよく言えたものだ」

「おい助けろよ！　俺はまだ！　やめろ!!」

デストリア男爵は自称《じしょう》・大盗賊の男を拘束《こうそく》したまま、俺が焚いていた煙の中へと消えていく。それにより、周囲が一気に静かになったところで、今度は聖職者の女性がそっと近づいてくる。

「お声かけをお許しください。私からも聖者様に感謝を」

「聖者様？」

「貴方《あなた》様からは、偉大《いだい》なる神々の気配を強く感じますから」

神々の気配、そういやガイン達が〝気づく人間も稀《まれ》にいる〟とか言っていたな。

「確かに、つい先日はメルトリーゼ様から加護をいただきましたが……」

「ああっ！　最期《さいご》に聖者様、それもメルトリーゼ様の加護を受けた方に看取《みと》っていただけるなんて。神に仕える者として光栄の極《きわ》み。そして神々は我々を見捨てていなかった！」

「あっ、ちょっ！　……行ってしまった」

彼女《かのじょ》は1人で自己完結したのか、恍惚《こうこつ》とした表情で天に昇ったようだ……どうせ話すなら加護が魔法に及《およ》ぼす影響とか、意見を聞きたかったのだけれど仕方ない。今度直接神々に聞こう。

「おい」

何やら聞き覚えのある声だと思って視線を向けると、見覚えのある老人がコルミに声をかけている。戦闘《せんとう》中のコルミは、この人の姿を借りていたのか。誰かは知らないが、険しい顔をコルミに向けている。

「……一人にして悪かったな」

「！」

「皆、行くぞ。村長命令だ」

コルミに背を向けた老人がそう言って姿を消すと、後を追うように残った人も消えていく。そして最後の1人が消えると、不思議と焚いていた火の勢いが急に衰《おとろ》える。それから鎮火《ちんか》して、後に残る細い煙も見えなくなるまで、コルミは黙って空を見上げ続けていた。

9章27話　帰還準備

翌日。

遺産回収は終わり、コルミが束縛《そくばく》していた魂の解放も完了した今、樹海に来た目的はほぼ全て達成したと言える。必然的に、件《くだん》のリーダーライノスが現れるまでは暇になってしまった。

グレンさんは昨日、うちのゴブリンに任せた獲物の解体に満足してくれたようで、嬉々《きき》として狩りに出ている。ついて行こうかとも思ったが、留守中にリーダーライノスが現れたらと考えると、あまり離れられない。

朝からしばらく悩《なや》んだ結果、屋敷周辺にある村の残骸《ざんがい》を片付け、整地をすることに決めた。

「もう一度聞くけど、本当にいいんだな？」

「いいよー」

屋敷周辺の村は、コルミが取り込んでいた元住民の魂を慰《なぐさ》めるため、かつての村の様子を再現するための舞台《ぶたい》として使われていたが、アンデッドを解放した今となっては無用の長物。

放っておくとコルミが何もしなくても、またアンデッドが自然発生する可能性もゼロではないので、あとくされのないように綺麗《きれい》に片付けてしまおうと本人に言われた。おそらく一番村に愛着があるであろうコルミがそう言ってくれるなら、遠慮《えんりょ》なくやらせてもらおう。

家屋の解体は前にもやったことがあるし、大体の手順は決まっているけれど、環境が違うので最初は一部を使って確認《かくにん》から始める。

「まずは地上部分、建物の残骸やら雑草を取り除く」

ディメンションホームからサンドスライムを呼び出し、地面の一部を土魔法《まほう》で砂に変えて、スライム魔法を使用。以前、ギムルの街で老朽化《ろうきゅうか》した子供達の家を解体したように、砂の渦《うず》で村の一角を削《けず》り取っていく。建物の残骸を構築する石や土壁《つちかべ》、雑草や木材も大半はこれで一気に取り除《のぞ》ける。

「次は砂の処理と、残り物の除去」

地表に残った砂と粉砕《ふんさい》した家屋の残骸を、ソイルスライムとの魔法で埋《う》める。この時に村の中に設置されていた鉄製の柵を始めとした埋設物《まいせつぶつ》や雑草の根は除去してヒュージブッシュスライムに与《あた》えて処理。これだけで見た目は完全な更地《さらち》になった。

万が一にも放熱樹が屋敷の方に倒《たお》れてこないよう、樹の根は傷つけずに土を埋め戻《もど》しておくが、それでも効率は驚くほどに高い。最後にヒュージブッシュスライムに地面を覆《おお》ってもらえば、人工物の形跡《けいせき》は完全に消えた。

「あっという間！」

「まだほんの一部だからな。ここからどんどんやっていくぞ」

屋敷《やしき》の柵の内側から見ていたコルミが、感嘆《かんたん》の声を上げる。その幼い姿も相まって、工事現場で働く車を見て目を輝かせる幼稚園《ようちえん》児のようだ。

さて、建物も材料はほとんど天然の石や木だろうし、この環境なら完全に自然に還《かえ》るだろう。作業に問題もなさそうなので、このまま他の建物も片付けてしまおう。

こうして屋敷の周囲を時計回りに、ぐるりと回る形で解体作業を続けていると、昼頃《ひるごろ》にグレンさんが戻ってきた。

「お疲《つか》れ様です。どうでした？」

「例のキャノンボールライノスって奴は見なかったが、狩場《かりば》には良かったぜ。浅いところじゃ出てこなかった魔獣がわんさかいやがる。色々と狩ってきたから、また解体頼《たの》むわ。昨日と同じで肉と内臓、あとホテル・ラフレシアの花弁も引き取ってくれ」

「肉と内臓はともかく、花弁もですか？」

「ああ、元々俺《おれ》だけなら見向きもしねぇ素材だし、よく考えたら普段染料《ふだんせんりょう》なんて扱わねぇから売り先も知らねぇ。適当に声かけりゃいくらでも買いてぇって奴らが寄ってくるとは思うが、それはそれで誰に売るかとか値段の交渉《こうしょう》とかで面倒《めんどう》そうだしな。

それなら、いい狩場があって解体もしてくれる、今のうちに少しでも空きを作って、その分思いっきり狩りをして帰った方が分かりやすくていいだろ」

なるほど、そういう考え方もあるのか。俺も損はしないし、本人が納得《なっとく》しているならいいだろう。

「では契約《けいやく》成立ってことで」

「おう、それより昼も頼むわ」

「了解《りょうかい》です」

ということで、昼の準備を始めたのだが……ここで気になった事があった。

「どうした？　変な顔して」

「それが、ちょっとこの肉を食べてみてくれませんか？」

「肉って、いつもの蛇《へび》肉だろ……ん？　なんだこれ、違う奴か？」

「いえ、同じイモータルスネークの肉ですよ。管理はちゃんとしていましたし、鑑定《かんてい》でも腐《くさ》ったりはしていないと出ていますが、明らかに前の物より味が悪いですよね？」

「味が悪いっつーか、昨日までのやつが美味《うま》過ぎたって感じだな。これはこれでそれなりには美味い肉だと思うが、昨日まで食ってたのを思い出すとな……」

前のものより、若干《じやつかん》肉が硬《かた》くてパサついている。肉が悪くなったわけでないのなら、おそらくイモータルスネークの再生能力によるものだろう。

イモータルスネークの肉はどちらも同じ個体だが〝ほぼ無傷の状態から切り離した体〟と〝その後に再生した体〟の2つがあった。そして昨日までは首が既に落とされていて捌《さば》きやすかった方を使っていたが、連日の食事で肉がなくなったので再生した体に手をつけた。

おそらく再生した方は、体を生やすために蓄《たくわ》えていたエネルギーや栄養素を消費してしまった。それが味にも影響《えいきよう》を与えているのではないだろうか？

「つまり、あの肉を食いたきゃ余計な傷をつけずに一撃《いちげき》で殺す必要があるってことか？」

「頭を切り離すことができれば大丈夫だと思います。昨日までの肉はそうして得たものですから。僕もイモータルスネークを狩ったのはこれが初めてなので、推測でしかありませんが……切断するにしても、やっぱり一撃で首を落とす必要はあるかと。

余計な傷をつければ味が落ちることも考慮《こうりよ》すると、普通の人があの味の肉を食べるのは結構難しいかもしれませんね」

「いや、普通の奴はたぶんあの蛇を仕留《しと》められねぇし、そもそもこんなとこ来ねぇだろ」

それもそうだと笑い、改めてどうするかを聞いてみたところ、こっちの肉も食べるそうだ。その上で、滞在《たいざい》中に近くで見かけたら俺が狩って一番美味い肉を確保してくれと頼まれた。

俺も店の皆や公爵家の皆さんのお土産《みやげ》に持っていきたいし、もし見つけたら率先《そっせん》して狩ることにしよう。

■ ■ ■

準備2日目。

朝から村の解体作業を続けていると、村の一角に畑のような場所を見つけた。ここもまともに手入れがされていなかったようで、樹海の植物に呑《の》み込まれているため、それらしい残骸があるだけだけど……雑草の中、支柱に巻きついた蔓《つる》から伸《の》びる枝に、ブドウの房《ふさ》状《じょう》の実が成っている。

もしかしてと思い、一度屋敷に戻る。

「コルミ」

「どうしたのー？」

「さっき向こうで畑みたいな場所を見つけたんだけど、ああ、読み取ってもらった方が早いかな」

「……そこは胡椒《こしょう》畑で間違《まちが》いないよー」

やはり胡椒だったようだ。それなら、あそこは一気に潰《つぶ》さず採取をしてからの方がいいかもしれない。手入れがされていないとはいえ、既に自生している分がある。

そう思っていると、コルミが思わぬ提案をしてきた。

「胡椒が欲《ほ》しいなら、育てる？」

「もしかして育て方を知っているのか？」

「知ってる。あの畑はだいぶ前に放棄《ほうき》されたけど、そこで育てていた人がいたから中庭にも畑があるよ。胡椒だけじゃなくて、他の香辛料《こうしんりょう》も」

聞けば、元村人の中には香辛料の栽培《さいばい》で財を成していた頃《ころ》のことが忘れられず、コルミによって地縛霊《じばくれい》化された後も屋敷の一角で栽培を続けていた人がいたようだ。

そして望んだ幻覚《げんかく》を見せるために記憶と思考を読み取り、作業の様子も見ていたコルミは、当然のように胡椒やその他、樹海で育つ香辛料の栽培方法を把握《はあく》しているとのこと。

さらには幻覚を使うことで、胡椒の木から挿《さ》し木《き》に適した枝を採る方法を分かりやすく教えてくれる。

「手の空いているゴブリン達にも教えておくねー」

新たな住人と交流する切っ掛《か》けができて待ちきれないのか、コルミは話が終わるとそのまま姿を消したが……やっぱりコルミの能力、便利過ぎないか？

言葉にすると変な感じがするが、まずコルミは〝自己管理ができる家〟だ。胡椒栽培のような先人の知識も持っているし、読心と幻覚能力を応用することで他種の魔獣《まじゅう》とも意思疎通ができる。さらに幻覚を情報伝達に使えば、前世の動画サイトどころか、ＡＲとか拡張現実とか言われて話題になっていた最新技術が実現したようなもの。

寂《さび》しいという理由で暴走していただけで、性格は素直《すなお》な子供だと思うけど、それでも神々が警戒《けいかい》するだけの力を持っている魔獣なんだな……と改めて思う。本人が力の使い方を知らなかっただけで、活用しようと思えばいくらでも使い道がある。

「リョウマ！」

「ん⁉　びっくりした、何かあったか？」

消えたと思ったコルミが戻ってきた。いや、家が本体なのだから、正確にはずっといたんだけどそれは置いておいて、

「どうした？　ゴブリン達の所に行ったと思っていたけど」

「栽培の話。忘れてたけど、ホテル・ラフレシアも育てる？」

「……え、あれ育てられるの？　というか、育てていたのか？」

「花の部分さえ無事なら、適当に支えになる物の隣《となり》に置いておけば育つから難しくないよ。ただ近くに人が住めなくなるのとー、回収が命がけになるだけ？」

「だいぶ重大な問題だと思うが」

「最後まで残った村人はそれでも試《ため》してたよ？　これで儲《もう》けてまともな生活ができるようにする！　って」

「それ絶対ダメなパターンだろ……」

もしかして、グレンさんが話していたホテル・ラフレシアの群生地って、その跡地《あとち》？

追い込まれすぎてそうなったのかもしれないが、聞いた感じが宝くじやギャンブルで一発逆転を狙《ねら》う人にしか思えない。大体成功しないやつだ。

「ホテル・ラフレシアは高く売れるけど、ここに住めなくなるのは勿体《もったい》ない」

「グラトニーフライなら、幻覚で襲ってこないように操《あやつ》れるよ？」

「いや、それでもアレはあまり近くに置いておきたくはないから。お金に困っているわけでもないし、とりあえずやめておこう。必要になれば、その群生地から取ってくればいいし……そういえば、グレンさんからホテル・ラフレシアの素材は受け取ったんだっけ？　ほかのいらない素材も」

　昨日、獲物の解体作業を引き受けた時にそんな話をしていた。

「全部倉庫に置いてあるよー」

「了解」

　村の解体作業は急ぐ必要もないし、解体済みの素材を一旦回収しておこうか。樹海産の素材が沢山あるなら、それを好むスライムがいないかも確認したい。

　そう考えて、倉庫に行って調べたところ……

「おお……!!　樹海の素材はある意味当然というか、植物系のスライムになりそうだな」

　手元にある素材だけでも、拾った放熱樹の枝や魔獣の腹から出た種、さらにはホテル・ラフレシアの花弁に反応するウィードスライムが見つかった。

　植物系スライムで木となると、研究者のロベリアさんが以前ツリースライムの話をしていたけれど、それだろうか？　種も共通なのか、それとも別なのか？　これは進化させてみれば分かるだろう。

　同じく、ホテル・ラフレシアの花弁もそれ限定なのか？　花であればいいのかという疑問が生まれるが、これも進化させてみないと分からない。しかしホテル・ラフレシアは貴重……先を見据《みす》えて、やはり繁殖《はんしょく》を考えるべきか……いや、とりあえずは素材が手に入りやすい放熱樹の方を優先して、ツリースライムになるかどうかが先か。

素材が手に入りやすいと言えば、ラプターの肉が有り余っている。ツリースライムと同じく、以前コーキンさんから聞いた話では、魔獣の肉を与えまくって進化させたスライムがいたらしい。本人はそれで破産したらしいけど、俺なら自力で供給可能……これもやってみよう。

「楽しみだな……そうと決まれば、俺も近場で素材採取に――」

「リョウマ！　急いでこいつ捌いてくれ！」

「グレンさん？　急になにをうっ⁉」

倉庫の中で計画を練っていたところにグレンさんがやってきた。その急ぎように何事かと思いながら目を向けると、グレンさんは両脇《りょうわき》に緑の大蛇《だいじゃ》の頭を抱《かか》えている。しかも蛇の体は彼の胴体《どうたい》へ何重にも巻きついて、締《し》め上げられているではないか！

「イモータスネーク見つけたんですか⁉」

「村を出てもう少し行った所でな！　もっとデカい奴もいたぞ！　どんどん持ってくるから、こいつら仕留めて捌いといてくれ！」

「了解です。コルミ！」

「はーい」

既に状況《じょうきょう》は把握していたのだろう。どこからともなくコルミが出てくると同時に、2匹の蛇はするりとグレンさんの体から離れ、倉庫の床《ゆか》で大人しく眠《ねむ》り始めた。

「これなら仕留めるのも楽だな」

「んじゃ任せたぞ！」

まだいるということは、この村はイモータルスネークの生息域にかなり近いのだろう。それだけ危険ということでもあるが、素材採取の拠点《きょてん》としては最高。大蛇をしめる準備をしながら、俺は自然と午後からの素材採取計画を考え始めていた。

9章28話 リーダーライノス討伐

素材収集に精を出した翌日。

優雅《ゆうが》に遅《おそ》めの朝食を楽しんでいると、唐突《とうとつ》に外からドンドンと雷《かみなり》のような音が鳴り響《ひび》いた。

「例のリーダーライノスが来たみたいですね。行きますか」

「食後の腹ごなしにちょうどいいな」

グレンさんと2人で屋敷を出て、聞いていた村の溜《た》め池《いけ》に向かう。グレンさんは一度村の周りを回った時に見た覚えがあったそうで、道中は特に迷うことはなかった。しかし、池に近づくにつれてより大きな物音と荒々《あらあら》しい気配を感じる。

遠くからハイドの魔法で身を隠《かく》しながら様子を窺《うかが》うと、体高3m程《ほど》で体長は4m近くある巨大《きょだい》な魔獣が、溜め池周辺の放熱樹に体当たりを繰《く》り返しているのが見えた。サイのような角に、長い体毛。キャノンボールライノスであることに間違いはないが、体格が資料にあった平均を大きく超《こ》えている。

「あいつが例のリーダーか。事前に聞いちゃいたが、本当に様子が変だな」

「キャノンボールライノスは草食で、体当たり自体は放熱樹の葉や枝を落として食べるためにやる行動だそうですが……食事にしては興奮しすぎていますね」

「飯食ってるようには見えねぇな。かといって何かと戦ってるわけでもなさそうだし、何がしてぇんだ？」

「さぁ……っ⁉」

巨大ライノスから10ｍほど離れた草むらに、体高・体長共に１ｍもない子供のキャノンボールライノスが隠れていることに気づく。咄嗟《とっさ》に俺は風魔法《まほう》を放つと、同時にグレンさんが飛び出していく。

「キュオーン!!!」

あれはおそらく、コルミの話にあった子供ライノス。甲高《かんだか》い鳴き声を上げて、無謀《むぼう》にも巨大ライノスに立ち向かおうとしているが――彼らが動き出す一寸先に、俺の魔法が届いた。しかし目に見えた効果はない。キャノンボールライノスは頑丈《がんじょう》な体毛に加えて魔法耐《たい》性《せい》を持つと聞いているから、そのせいだろう。

だとしても、一瞬《いっしゅん》注意が引ければいい。

「ドラァ!!」

接近したグレンさんが、リーダーライノスの横《よこ》っ面《つら》にハンマーを叩《たた》き込《こ》んだ。その衝撃《しょうげき》によってリーダーライノスは体を大きく揺《ゆ》さぶられるが、悲鳴一つ上げない。それどころか血走った眼でグレンさんを睨《にら》みつけている。

幸いと言っていいのか、リーダーライノスが暴れて踏み荒《あ》らしたおかげで、溜め池周辺は草木が倒れて少しだけ見通しがよくなっていた。空間魔法でグレンさんの隣に並ぶ。

「グレンさん」

「ああ、しっかり叩き込んだってのに効いちゃいねぇ。コルミといい、この村はこんな奴《やつ》ばっかりだな……面白《おもしれ》ぇ！」

「面白いんかい！」

本当にこの人は頼もしいけど、この状況を楽しめる感覚は理解しがたい。

「アレ、しばらく任せていいですか？」

「おう、チビの方は頼むわ」

そう言って、再び殴《なぐ》りかかるグレンさんと、彼を叩き落とすべく、鬱陶《うっとう》しそうに角を振り回しながら追いかけるリーダーライノスを尻目《しりめ》に、子供ライノスに目を向ける。

「キュー!!!」

途端《とたん》に、こちらを威嚇《いかく》してくる子供ライノス。さっきの俺達の位置からは見えなかったが、彼？　の後方には、コルミが言っていた母親らしき成体のキャノンボールライノスがいた。

　母親は屋敷にいた村長達と同じく、姿は完全に生きているみたいだが、その首元には大穴があき、後ろ足は折れた上に潰れている。状況的《じょうきょうてき》にまず間違いなく、リーダーライノスにやられたのだろう。アンデッドなので母親の体は徐々に再生しているが、すぐには動けそうにない。

　それで子供ライノスは母親を守ろうとしていた。そして今も俺から守ろうとしているのだろう。

「心配するな、俺は敵じゃ……って、コルミがいなきゃ伝わるわけないよな」

「キュッ！」

「危なっ！」

　とりあえず意思を伝えるために契約するかと考えたタイミングで、子供ライノスが突進《とっしん》してきた。子供と言ってもサイに似た魔獣の子供。回避《かいひ》はできるが、気を付けないと怪我《けが》では済まない。特に今はグレンさんが引き付けてくれているが、リーダーライノスもいる。

　コルミとの約束を守るには……

「ちょっと手荒になるけど我慢《がまん》してくれよ！」

意味はなくとも宣言しつつ、池を背にして全身に気を全力で巡《めぐ》らせる。

子供ライノスは猪突猛進《ちよとつもうしん》、真っすぐに突《つ》っ込んで容赦《ようしや》なく角を突き立てようとしてきた。

そんな全身全霊《ぜんしんぜんれい》の突進を体に受ける――直前で自ら後方に体を倒して、相手の首と角を掴む。

「お前は離れとけ！」

「キュオーン⁉」

強化した全身を使った変則的な〝巴投《ともえな》げ〟で、子供ライノスは空中で弧《こ》を描《えが》く。そして背後の池、母親の近くに着水した。キャノンボールライノス同士の戦いでは相撲《すもう》のように投げられた、あるいは倒された方が負けを認める事があるらしい。これで小さい方がこれ以上襲《おそ》ってこない事を願うが……念を押《お》しておこう。

「そうだな……『ステイ』！」

「キュウ⁉」

水中から岸に上がった子供ライノスに向けて、〝母親の傍《そば》にいろ〟という思いが伝わるイメージで闇《やみ》魔法を放つ。恐怖《きようふ》を感じさせる〝フィアー〟のように、漠然《ばくぜん》とした感情だけでも通じれば十分。通じなかったとしても、襲ってこなければ今はそれでいい。

即興《そつきよう》だったが、子供ライノスはこちらを警戒しつつ、後ずさりをするように母親の首元に近づいていく。

「こっちはこれでいいとして……ん？」

「おい！　どうした！　来いやオラ！」

「クオォオォオ!!!!!!」

何をやっているのだろうか……グレンさんは大声を上げて挑発《ちょうはつ》をしているようだが、リーダーライノスはまったく意に介《かい》することなく、池と岸をジグザグに走って泥《どろ》を巻き上げていた……かと思えばまた放熱樹への体当たりを始めるし、グレンさんと戦うどころか、存在に気づいてすらいないようにも見える。

（早いところどうにかしないと、俺はともかく親子ライノスの方に行かれると困るな）

「グオォオォオ!!!!!!」

そんな思考がフラグになったのか、リーダーライノスが突然雄叫《とつぜんおたけ》びを上げ、一直線に俺へと向かってくる。

「っと！」

咄嗟に『フィアー』を放ちながら、親子とは反対側の草むらに飛び込んで突進を躱《かわ》す。

するとリーダーライノスは鼻の上に生えていた角を前に突き出したまま、俺を追って方向転換《てんかん》。さらに俺が空間魔法で溜め池のほとりに転移すると、俺が居た場所を走り抜け、勢い余ってその先にあった木に衝突《しょうとつ》していた。

驚《おどろ》いたことに衝突された放熱樹は傾《かたむ》き、壁《かべ》のような太い幹には角が刺《さ》さった場所から亀《き》裂《れつ》が広がっている。

「分かっていたけど直撃は即死《そくし》だな……」

「おいリョウマ、あいつなんか妙《みょう》だぞ」

「妙って、そんなの最初からでしょう」

「違《ちが》う。あいつの行動もおかしいが、俺が言いてぇのは強さだよ。あいつ硬《かて》ぇし、まともに戦えば俺が昔戦ったSランクのドラゴンと同じくらいかもしれねぇと思うんだが、それにしちゃあんまり面白くねぇっつーか……強化魔法で強くなったと思《おも》い込んでる雑魚《ざこ》みてぇな感じもするんだよ」

グレンさんがそう感じたのなら、信憑性《しんぴょうせい》は高い。強化という点を念頭に置いてリーダーライノスを見ると……先程《さきほど》までの興奮状態はどこへ行ったのか、半開きの口から盛大《せいだい》に涎《よだれ》を垂らし、今にも眠《ねむ》りそうにフラフラ歩いている。先程突進して来た時のような敵意も一《いっ》切《さい》感じない。

そんな姿を見て、何かを思い出しそうになる。

強化、興奮状態、眠気……!!

「グレンさん、あの魔獣と戦っていて、体のどこかに〝紫色《むらさきいろ》の斑点《はんてん》〟を見ませんでしたか?」

「紫色? それなら口の中がそんな感じだったぞ。ほれ」

ハンマーで示されたリーダーライノスの口元をよく見ると、確かに鮮《あざ》やかな紫色が所々に浮《う》き出て見える。

「ああ、やっぱり」

「なんだ、あれが何か関係あんのか?」

「あのキャノンボールライノスは〝ドーピングビー〟に刺された可能性が高いです。蜂《はち》の魔獣の一種で、分泌《ぶんぴつ》する毒には強い興奮作用と鎮静《ちんせい》作用、そして他種の魔獣を強化する作用があります。なんでも巣の近くの魔獣を毒で強化して暴れさせることで敵を排除《はいじょ》するそうで、刺された箇所《かしょ》が紫色になるのが特徴《とくちょう》ですね」

「そんな魔獣もいるのか」

「あのキャノンボールライノスを見る限り、いるみたいですね。事前にギルドに依頼《いらい》して用意してもらった資料には載《の》っていなかったのですが……存在自体が希少な種ですし、この広大な樹海じゃ見逃《みのが》されていたのかもしれません」

「ここだと魔獣が多少凶暴《きょうぼう》になっても分からねぇだろうしなぁ……つか、そんな資料にも載ってない魔獣をよく知ってたな」

「ドーピングビーから取れる針と蜜《みつ》が薬の材料になるので、そっちで気づきました」

気づいた、とはいえそれで状況が変わるわけではない。今は大人しいが、じきにリーダーライノスは再び暴れ始める。その前に倒してしまいたいけれど、グレンさんの攻撃《こうげき》を何度か受けても平然と動ける相手だと、並みの攻撃では通用しそうにない。

「毒の効果で痛みを感じにくくなっているだけで、攻撃が効いていないわけではないはずです。じっくりと攻撃を続ければ、いつかは倒れますが」

「面倒臭《めんどうくせ》ぇ。相手があんな状態じゃ面白くねぇ」

「ですよね」

言うことが大体予測できるようになってきた。そうなると特に強力な一撃を急所に叩き込むしかない。そのためには——

「グォオオオ!!!」

「また興奮しやがったぞ!」

「『バインドアイビー』!」

「グオウッ!?」

周囲の放熱樹に絡《から》まっていた蔦《つた》を木魔法で操り、リーダーライノスを搦《から》め捕《と》る。蔦そのものも強靱《きょうじん》だが、絡み合えばさらに強固な拘束具へと変わった。

しかし、長くは持たない。リーダーライノスが体を大きく前後左右に動かす度に、蔦が徐々《じょじょ》に千切れていく。

「『マッドプール』！」

「グォア⁉」

ダメ押しの魔法で地面と溜め池の水を混ぜ、リーダーライノスの足元に泥沼《どろぬま》を生む。蔦はギシギシと悲鳴を上げているが、リーダーライノスは踏《ふ》ん張りが利《き》かず、引きちぎるだけの力を出せていない。接近戦主体の俺としてはあまり使わない魔法だけど、習っておいて良かった。

「グレンさん！」

「お？　ああ、そういうことか。んじゃ思いっきり行くぜ！」

俺が腰《こし》から鞘を抜《ぬ》き、変形させると、グレンさんは周囲の放熱樹を蹴《け》って上へと登《のぼ》っていく。どうやら俺のやりたいことは理解してくれたようだ。俺も空間魔法で、まともに身動きのできないリーダーライノスの首元に飛んだ。

「っと」

拘束から抜けられないとはいえ、もがき続けるキャノンボールライノスに振り落とされないよう、蔓を足場に体を固定。魔力感知に集中し、鞘のメタルスライム達《たち》と視界を共有する。

「グルルルゥォオ」

足元から響く敵意むき出しの鳴き声と揺れ、頭に流れ込む膨大《ぼうだい》な情報が邪魔《じゃま》をするが、気合で押し込み集中。

「ここか！」

回復魔法の要領で、リーダーライノスの魔力体から正確な脳の位置を見極《みきわ》め、目印として変形させた鞘を突き立てる。湾曲《わんきょく》した鞘から真《ま》っ直《す》ぐで空洞《くうどう》のない棒状に。鯉口《こいぐち》は漏斗《ろうと》のように広げた平面に、逆にこじりは尖《とが》らせる。それは、巨大な釘に近い物体。

「行くぜぇ!!」

はるか上空、放熱樹の頂上付近の枝を足場にしたグレンさんの声が聞こえた。視線を向けることすらなく、気を用いて全力で体とメタルスライムを強化した、直後。

「――!!」

降ってきた大声と衝撃が、手元から全身を貫《つらぬ》いた。

9章29話 コルミとの別れ

「ぐぅっ⁉」

即席《そくせき》人力パイルバンカーとでも呼べばいいのか……グレンさんの一撃はメタルスライムの釘を深々と頭に食い込ませるだけに留まらず、リーダーライノスの体を大きく揺らし、拘束《こうそく》する蔦を一気に引き千切っていく。

断末魔《だんまつま》の叫《さけ》びは轟音《ごうおん》に掻《か》き消《け》され、かすかに耳に届いた気がする程度。最後にビクリと痙攣《けいれん》すると、全ての力と支えを失ったリーダーライノスの体は、泥沼の中にその半分近くを沈《しず》めた。

落下の直前、地面の上に転移で着地できたが……釘を支えていた俺の腕《うで》から、響くような痛みを感じる。ハンマーの直撃を受けた訳ではないけれど、気で防御《ぼうぎょ》しても衝撃で骨にヒビが入ったようだ。恐《おそ》るべし、グレンさんのパワー。

「折れたか？　ギリギリで手を離《はな》したと思ったが」

「頭蓋骨《ずがいこつ》に先端《せんたん》が食い込むまでは支えていましたから。まぁ、この程度なら回復魔法で治せますし、実質損傷なしですね」

「自分で治療《ちりょう》もできるのか。最近アンデッドを見まくってたせいか、ゾンビみてぇに見えてきたな」

「言わんとすることは分かりますが」

「褒《ほ》めてんだよ、一応」

なんだか釈然《しゃくぜん》としない気分になったけれど、結果としては狙い通り。打ち込まれたメタルスライム達も、硬化《こうか》と物理耐性《たいせい》に気を用いた保護が十分に効いたようで、無事が確認できた。他の魔獣の気配もないので、作戦は成功と言っていいだろう。

しかし……このリーダーライノス、俺1人だったらどう対処できたか？　眼球、あるいは口内をブラッディースライム入りの槍《やり》で攻撃すれば倒せるだろうけど、逆にそれ以外の攻撃が通用するとは考えにくい。

グレンさんが〝耐久力に関してはSランクの魔獣にも近いと感じた〟という話だし、今回は魔獣が強化されていたこともあるだろうけど、いざという時のためにもう少し鍛《きた》えて、自分自身の攻撃力を高めた方が良さそうだ。

「おっ？」

「あ、お前達」

気付けば、母親ライノスは怪我の再生が終わっていたようだ。子供ライノスを伴《ともな》って、こちらに近づいてきている。敵意は感じないが、リーダーが討《う》ち取られたことを確認しに来たのかと思えば、母親が前足を上げ、治った後ろ足で立ち、バンザイをした。さらに子供ライノスも母親に続いて同じポーズを取る。

「なにやってんだ？　こいつら」

「これは確か、キャノンボールライノスの服従のポーズだったはずです」

事前に情報を集めた時、体を大きく見せる威嚇じゃないのかと思ったのを覚えているから、間違えてないと思うけど……本来キャノンボールライノス同士のぶつかり合いで負けた奴がやる行動の筈《はず》……

「もしかして、この大きいのを倒したからか？　コルミから話を聞いていたのか？」

つい問いかけていたが言葉が通じるわけもなく、子供ライノスの足がプルプルし始めただけ。子供といってもそれなりの体重があるので、2本足で体を支えるのは辛《つら》いんだろう。

「疑問は置いておいて、契約しちまえよ」

「ですね。そうしないと意思疎通《そつう》ができませんし」

親の方はアンデッドだし、今後も考えて子供ライノスに従魔契約《けいやく》の魔法を使う。すると今回もあっさりと契約に成功した。

「君は俺の従魔になるってことでいいんだな」

「キュッ」

「なら、とりあえず村の屋敷に戻《もど》ろうと思うんだけど。コルミにも結果を伝えたい」

心を鬼《おに》にして、ついてきてくれないかと問いかけると、子供ライノスは再び肯定《こうてい》の声を上げた。母親ライノスも素直について来るようだ。複雑で言語化できない感情が伝わってくるので、これから何が起こるかはもう理解しているのかもしれない。

「おい、リョウマ。帰る前にこいつ回収しねぇと食い荒らされるぞ。あとどう分ける？」

「そうですね……このキャノンボールライノスはグレンさんどうぞ。打ち込んだスライムだけ回収させてください」

「トドメを差したのは俺だが、叩き込む隙《すき》を作ったのはお前だろ」

「おそらくですが、こいつは分けようにも分けられません。そもそも普通《ふつう》の刃物《はもの》が通ると思えないので」

「あぁ……そういうことかよ。確かにその辺ゴチャゴチャやるのもめんどいな」

「気が使える僕《ぼく》でも切りづらくて上手《うま》く解体できるか分かりませんし、ゴブリンだと絶対に無理ですね。それこそグレンさんが取引相手に言われたみたいに、そのまま持って行った方がマシなくらいまで素材をボロボロにしかねません」

俺《おれ》一人だったらもっと苦戦していただろうし、俺は今回の件で目的を完全に達成。おまけに従魔も増えた。それでリターンは十分だろう。

「ならとりあえず預かっとく。蔦は切れてるみてぇだし、泥だけどうにかしてくれ」

魔法で泥沼から水を抜き、ビッグメタルスライムの回収ついでにリーダーライノスの死体を地面から掘《ほ》り出しておいた。

グレンさんが死体を回収する間、子供ライノスは静かに回収作業を眺《なが》めている。群れのリーダーであり、仲間や親の仇《かたき》でもある相手をどう思っているのかは分からない。しかし、子供でも野生の生き物として、弱肉強食という事を理解しているようだ。

「おーい、終わったぞ！」

「了解、それじゃ一旦《いったん》戻《もど》りましょうか」

リーダーライノスをアイテムバッグに詰《つ》め込み終わったようなので、親子ライノスを連れてコルミがいる屋敷《やしき》へ戻る。

……屋敷がコルミなので、コルミがいる屋敷と言うのはちょっと変だろうか……そんな、くだらないことを考えながら戻ると、門の中でコルミが待ち構えていた。

「おかえりー」

「ただいま、コルミ。リーダーライノスは無事に討伐してきた。子供も保護したよ」

「うん……そうだね」

顔はないけど、雰囲気《ふんいき》だけで悲しげなのが分かる。

「コルミ。親子の別れは避《さ》けられないが、その前にもう少し時間をとってもいいと思う」

これが親子とコルミのために良いのかは分からないけど、なるべく悔《く》いのないように。

それを察したのか、パッと俺を見て何度も頷《うなず》くコルミ。

「それじゃ、2匹《ひき》はしばらく屋敷の中で待っていてくれ」

コルミに親子を預けた俺は、もう一度外出する。

「どこ行くんだ?」

「さっきの溜め池の近くに、おそらくドーピングビーの巣がありますから、それを潰してきます。ここを拠点にする以上、放置しているとリスクが高いだけですし、僕がいると親子の別れの邪魔になるかもしれませんから」

「確かになぁ……んじゃ俺も適当にどこかで何か狩《か》ってくるわ」

溜め池とは反対方向に去っていくグレンさんを見送って、俺も歩き出す。

ドーピングビーの巣を見つけたのは、それから1時間ほど経《た》った頃だった。

「結構あっさりと見つかったな」

広い樹海の中で小さな蜂を見つけるなんて、もっと時間がかかると思っていたけれど……リーダーライノスが作ったと思われる獣道《けものみち》を辿《たど》ったら、割と簡単に見つかった。歪《いびつ》な円を描く移動ルートの中心、背の高い放熱樹の枝の中に、ドラム缶《かん》程度の大きさの巣がへばりついている。

あんなところじゃ登るのも大変だし、万が一にも刺されては困る。グラトニーフライと同じで、雷属性の結界があれば刺される前に殺せるけど……ここはスライムに頼《たよ》ろう。

ディメンションホームから、スパイダースライムとビッグスティッキースライムを呼び出す。

スパイダーには周囲の木々と枝を使って、蜂の巣がある樹の周りに巣を張ってもらう。1匹たりともドーピングビーが逃《に》げ出さないように、何重にも念入りに、蜘蛛《くも》の巣の壁を作っておく。

準備ができたら、今度は本丸を攻《せ》める。ビッグスティッキースライムに樹を登るように指示をして、蜂の巣を直接包《つつ》み込ませた。

当然、襲撃《しゅうげき》を受けたドーピングビーは反撃する。一斉《いっせい》に巣の中から飛び出して、襲撃者であるビッグスティッキーに毒を打ち込もうとするが……残念ながら、彼《かれ》らの針はスライムの核《かく》に届かない。

ビッグスティッキーは巣の外と中からドーピングビーに襲われているが、ドーピングビーを吸収せず、毒針を核まで届かせなければ害はない。それどころか、体表に針が刺されると同時に粘着液《ねんちゃくえき》で捕獲《ほかく》し、包み込んでしまう。

粘着液に捕らわれたドーピングビーはそのまま窒息死《ちっそくし》。巣の中に居たドーピングビーも同様に、空気穴を塞《ふさ》いだ状態で30分程放置したところ全滅《ぜんめつ》。逃走《とうそう》を試みた個体もいたようだが、そちらはスパイダーの巣に搦め捕られていた。

どこかに運よく逃げ出せた個体もいるかもしれないが、元々樹海の生き物だ。完全な駆《く》逐《ちく》は難しいだろう。

「巣を見つけたら対処することに問題はないことが確認《かくにん》できたし、今回はこれで十分」

巣とドーピングビーの死体を回収して屋敷に戻ると……今度は門にコルミだけでなく、親子の姿もあった。足を畳《たた》んで地面に寝《ね》ている母親ライノスに、子供ライノスが体を擦《こす》りつけるように、同じ体勢で寝ているが……どちらも眼は俺を見ている。どうやら3人？で俺を待っていたようだ。

「……もういいのか？」

「キュッ」

「グォン」

「うん〝大丈夫《だいじょうぶ》〟だって。それから〝ありがとう、この子をよろしく〟だって」

それからもう一度、親子は互《たが》いの体に首を強く擦り付け、母親ライノスが静かに姿を消した。まるで最初からそこには何もなかったかのような消え方だ。

「成仏《じょうぶつ》したのか？」

「うん、もういない。人間とは違うから」

随分《ずいぶん》とあっさりしているように感じたが、遺《のこ》された子供ライノスも立ち上がり、俺の足元まで歩いてくる。

「キュオン」

「これからよろしく、だって」

「ああ、よろしくな」

小さく鳴いた子供ライノスが先程母親にしたように、屈《かが》んだ俺の首に自分の首をこすり付けてくる。まだ幼くても、この子は親がいなくなった事を認めて、歩き始めたようだ。

俺は従魔術師として、新しい群れのリーダーとしてこの子を見守っていこう。

■　■　■

翌日。

「もう行くの？」

「用事は済んだし……急いではいないけど、際限なく滞在《たいざい》を延《の》ばせるわけではないからな」

俺達《おれたち》は割と普通に生活できていたけれど、ここは危険地帯。あまり帰りが遅《おく》れると、待ってくれている皆《みな》さんに俺が死んだと思われてしまう。いや、死んだと思ってくれるならまだマシかもしれない。もし捜索隊《そうさくたい》でも出されたら二次被害《ひがい》の可能性だってある。

「そんな顔、いや雰囲気？　出すなよ。大丈夫、また戻ってくるから。空間魔法で今度はもっと早く来られるって言っただろ？」

「うん……」

ここまでの道中、俺は道標《みちしるべ》と緊急避難《きんきゅうひなん》用の目印として、ストーンスライムを等間隔《とうかんかく》で配置してきている。長期間そのままでも彼らが食事に困らないように、餌《えさ》となる石を土魔法で作った壺《つぼ》に入れた状態で。

一度では外からコルミの所に転移することはできないが、その〝スライムの目印〟を辿って転移を繰り返せば、外とこの村を1日で往復することも不可能ではないと考えている。それはしっかり伝えたし、記憶《きおく》も読ませたので嘘《うそ》ではないと分かっているはず。それでもコルミは寂《さび》しいのだろう。

ゴブリン達も、今回は残らずディメンションホームの中だ。コルミがいるので寝床《ねどこ》はあるが、俺がいないと水や食糧《しょくりょう》が足りなくなる。本体が家であるコルミや、アンデッド達なら問題ないのだが、ゴブリン達が住むにはまだ準備が足らない。

なるべく早く戻るつもりではあるけれど、何か留守の間の寂しさを紛《まぎ》らわせるようなことがあればいいが……

そう考えたところで、ふとコルミの姿が目についた。

最初は田淵《たぶち》君、その後は元村長の姿を借りていたが、今はマネキン状態だ。

「そうだ、姿を変えてみたらどうだ？」

「姿？」

「俺の故郷《こきょう》にあるんだよ、事前に用意されたパーツを組み合わせて、自分の姿やなりたい姿を自由に作れる〝アバター〟というものが。ゲームとかだと、自分の分身を作って没入《ぼつにゅう》感を高めたりするんだけど……これに凝《こ》る人はものすごく凝るんだ」

実際、ゲームを始める前の段階で数時間使った！　なんて話もよく聞いた。

「コルミのデフォルト状態はその体かもしれないけど、ずっとその姿でいなきゃいけないわけじゃないだろ？　次に俺が来るまでの暇潰《ひまつぶ》しになるかもしれないし、他人の姿を借りるんじゃなくて、自分の姿を作ってみたらどうかと思って」

「……やってみる」

コルミは俺の記憶から細かい情報を読み取り、黒いマネキンから幼児へと姿を変えた。概念《がいねん》は理解できても、いきなりオリジナルは難しかったのか、俺をベースにしたのだろう。黒髪《くろかみ》黒目で、服装も子供サイズのジャージ装備。

今の俺に幼児期があれば、こんな感じだったのかもしれないと思うほどの再現度で、

「なんか、俺の弟って感じだな」

「弟？　……弟！」

「おっと！」

コルミが激しく飛び回り、自分の体を確認するように体をいろんな方向に捩《ねじ》らせている。

俺の弟ってそこまで喜べることなのかは疑問だが、とりあえず喜んでくれているみたいだ。

「コルミ、改めて約束するよ。俺はまたここに、なるべく早く戻ってくる。だからそれまで留守番を頼《たの》む」

「……分かった！　次、作ったアバター見せる！」

「よし！　約束だ」

右手の小指を差し出すと、意味は通じた。そっと幼い小指を出したコルミと指切りをして、笑顔《えがお》で別れを告げた。門の外、少し離れた場所で待ってくれていたグレンさんと合流

する。

「もういいのか？」

「お待たせしました。納得《なっとく》してくれましたよ」

「ガキがぐずることとなんてよくあることだろ。あの程度ならまだ物分かりが良い方じゃねえか？」

「そうですね。本当になるべく早く戻ってあげないと」

振《ふ》り返ると、コルミが門の中でこちらを見ていたので手を振る。

「行ってきまーす！」

「あの姿だと本当にただのガキだな。……俺も金が無くなったらまた狩りに来るぞ！　そんときゃ部屋貸してくれ！」

小さな体で懸命《けんめい》に手を振るコルミ。

その顔には笑みが浮かんでいて、安心して帰路に着く。

樹海の中で待つコルミ。樹海の外で待ってくれている、この世界で縁《えん》を結んだ方々。

双方《そうほう》との約束を守るために、俺は樹海を出るための旅を急いだ。

特別書き下ろし・神と人の関係

　リョウマがコルミと契約《けいやく》を結び、胸をなでおろした頃《ころ》……神界では円卓《えんたく》で各々《おのおの》の飲み物を片手に、事の次第《しだい》を見守っていた神々も胸をなでおろしていた。

「はぁ……どうにかなったみたいだな」

テクンが呟《つぶや》き、冷たく冷やした酒を呷《あお》る。

「途中《とちゅう》の幻覚《げんかく》はまだしも、最後の奴はちょっと肝《きも》が冷えただよ……」

「あれは幻覚、本物の傷ではないとはいえ、体感する痛みや苦しみは本物だ。普通の人間ならそのまま死んだと思い込んで動けなくなるか、あるいは体が誤反応を起こして死に至るだろう。その身に受けた時点で、即死がほぼ確定する魔法と言っても過言ではない」

「そんなもの受けてよく無事だったね……てかどうやって防いだのさ」

「防いではいないさ。本人の耐性と〝幻覚である〟という事実を認識《にんしき》して軽減しただけ。早い話がただの我慢だな。本人も言ってたけど、本当にヤバい時は相打ち覚悟《かくご》で攻撃するつもりだったんだろ。あそこ急所だし、攻撃すれば魔獣《まじゅう》も苦しんで魔法の維持《いじ》も難しくなるだろうから。

地球の言葉だと〝ドッグファイト〟とか言ったっけ？　なんにせよ、魔獣と戦うなら殺すか殺されるか、命懸《いのちが》けで当たり前さ。結果は双方命は無事。リョウマの狙《ねら》い通りにも運んだみたいだし、それでいいだろ」

「それはそうですが……」

グリンプ、フェルノベリア、セーレリプタが次々と思い思いに語る中、続いたキリルエルの言葉にウィリエリスが煮《に》え切らない顔をした。

「なんだ、ウィリエリスは今回の結果じゃ不満かい？」

キリルエルが問いかけると、ウィリエリスは静かに首を横に振って話し始める。

「今回の結果に対しての不満は一切ありません。今はコルミと名づけられましたが、あの魔獣も身に着けてしまった能力が問題だっただけで、それを除けば問題視する必要はありません。生まれる過程で人間に近い感情を手に入れてしまったことも含《ふく》めて、事故のようなものです。今回の結果は想定の中でも最良と言っても良いでしょう。

しかし、頑張《がんば》ってくれた竜馬《りょうま》君には失礼ですが、彼があそこまで命を懸ける必要もなかったとは思います」

その言葉には、他の神々もそれぞれ納得を示した。

「それは確かにそうじゃなぁ……この件は本来、我々だけで対処すべき案件じゃ。彼が命を懸ける必要があるかといえば、ないのも事実」

「厚意《こうい》で手伝ってくれたのにこう言うのもなんだけど、ちょっと心配よね……私達の言葉を曲解して問題を起こした過去の人々とは違うけど、より良い結果を求めて無茶《むちゃ》をするんだもの」

「竜馬君は地球にいたころから、無茶をすることに慣れているみたいだからね……会社では同僚《どうりょう》に結婚《けっこん》記念日とかデートの約束があったら、自分から仕事を引き受けたりしてたみたいだし、他人のために身を削《けず》ることに躊躇《ちゅうちょ》がないというか、なんというか……いい子なんだけど、無茶しすぎないかってところは心配になるよね」

ガイン、ルルティア、クフォの言葉にも同意が集まると、テクンがふと思い出したように呟く。

「あいつ、今後も俺達に協力してくれるつもりなんだよな？　大丈夫か？」

「大丈夫ではないでしょう……そもそもの話、我々神が動く事も視野に入れるような事態に対して、1人の人間が対処するということ自体が無茶な話なのですから。今回の事は、極《きわ》めて稀《まれ》な例と言えます」

「ウィリエリスの言う通りだ。あの魔獣は樹海の奥《おく》にいたから騒《さわ》ぎにもならなかったけども、仮にあれと同等の魔獣が人里に現れたとしたら被害は甚大《じんだい》。1人で無力化したりなんかしたら、英雄《えいゆう》として国中に名が轟《とどろ》くくらいの偉業《いぎょう》だべ」

「竜馬君がそういう名声を欲《ほっ》しているならまだしも、興味がないどころか迷惑《めいわく》でしょうし……彼が手を貸してくれるのは本当に助かるのが悩《なや》みどころね」

ルルティアがそう零《こぼ》せば、仏頂面《ぶっちょうづら》のフェルノベリアが口を開く。

「今回の件で竜馬の協力がなかった場合、我々には樹海の大半を消し飛ばす以外に対処方法がなかった。だがその場合は余波によって残った部分も酷《ひど》く荒《あ》れ、樹海に生きる生命と聖地としての機能はほぼ失われたことだろう。

私は人の営みに我々が口を挟《はさ》むべきではないと考えているが、我々だけでは行き届かない細かな部分の調整ができる点、その有用性と可能性は認めざるを得ない」

「まぁ、今回みたいなことはそうそう起こらないだろうし、やるとしても例の魔法でアンデッドの討伐《とうばつ》や瘴気《しょうき》の除去くらいだろ。そのくらいなら大事にはならないさ」

そう言ってキリルエルは笑い飛ばすが、ここで余計なことを言う神が一柱。

「あ、それ〝フラグ〟ってやつじゃない？」

「ちょっ、縁起《えんぎ》でもないことを言わないでよ、セーレリプタ」

「いや、だって彼、魔王《まおう》の欠片《かけら》を見つけて呪《のろ》われたじゃない？　その前は公爵《こうしゃく》家の因縁《いんねん》に巻《ま》き込《こ》まれて動き回ってたし。まぁこっちは首を突っ込んだと言った方が正しいかもだけどぉ、なんか普通の人なら一生に一度起こるかどうかって事が頻発《ひんぱつ》しそうな気がするんだよねぇ」

「否定できねぇのが嫌《いや》だな……その辺はどうなんだ？」

「テクンの懸念《けねん》は分かるが、魔王の呪いの件で調べた限り、現在の彼の運命に地球の神の手が加えられた形跡《けいせき》はなかった。魔王の欠片が無理矢理《むりやり》引き寄せた可能性もないことはないが、あれにそんな力が残っていたとも考えにくい。まず間違《まちが》いなく偶然《ぐうぜん》じゃな。

人が行ける場所の、人が魔法を使って掘れば見つかる深さに埋《う》まっていたんじゃから、人に見つかる可能性は十分あった。それこそ定期的に巡回《じゅんかい》しておる騎士団《きしだん》の見習いが見つけたとしてもおかしくはない」

「ってことは、単に竜馬は〝生まれつき妙なことに巻き込まれやすい奴《やつ》〟ってことか……地球の神に目をつけられて玩具《おもちゃ》にされるくらいだし、不思議でもねぇな。竜馬には災難だが納得だ」

「ふむ……念のための確認だが、現時点、竜馬の活動範囲内《はんいない》で何か新たな問題に発展・またはは発生する兆候は？」

フェルノベリアの問いかけに対し、神々は竜馬の本拠地《ほんきょち》であるギムルの街を中心として、ジャミール公爵領、ひいてはリフォール王国全土に目を向けた。

「そうね……彼に大して直接的に起こりうる問題は、竜馬君にかかっている魔王の呪いの影響《えいきょう》だけど……もっと規模の大きな問題なら、やっぱり地球の魔力を引き込んだことによる魔獣の活性化と、それによる影響かしら」

「魔獣の増加や突然変異は仕方ないだろ。それも込みで魔力を譲《ゆず》り受けることを決めたわけだし、人間だってちゃんと対策してれば大体対処は可能な範囲で収まるはずだ。それより政治的な方が問題じゃないか？

ぶっちゃけ戦闘《せんとう》なら、竜馬が死ぬ可能性はほとんどないさ。絶対とまでは言わないけど、勝てなくても逃げるくらいはできる奴だからな。貴族とか権力で迫《せま》ってくる相手の方が対処しづらいはずだ」

「確かに、これまでのことでだいぶ名前が売れて、注目を集めているみたいだしねぇ～。公爵家の後ろ盾《うしろだて》もあるけど、その事実は竜馬君を守ると同時に彼の価値を証明しているようなものだし、当然かな。ぶっちゃけ隠《かく》しきるのは土台無理な話だし、後ろ盾があるのが今は最善だとは思うけど」

「公爵家も竜馬君が神の子だと知ったわけですし、彼を本気で守るつもりのようですから、信じて見守るとして……今のところは、我々が手を出すような事態に発展するほどのことはなさそうです」

「これで何か起きたら、それこそ本当に異常な不運だべ」

神々は一様に苦笑いを浮かべたが、ここでウィリエリスが席を立つ。

「ここで話していても仕方ありませんし、そのような〝万が一〟が起こらないようにもう一度世界全体を見て回るとしますか」

「そうするべ。魔王の欠片が他に残っているかどうかの確認も必要だ」

「搾《しぼ》りカスみたいな力をアタシ達から隠れるために使ってるみたいだし、何度確認《かくにん》しても足りないくらいだしな。竜馬の方もひと段落したし、仕事に戻るか！　セーレリプタも行くよ！」

「えっ⁉　ボクはもうちょっと休憩《きゅうけい》してから行くよぉ。キリルエルは先に行って――」

「そうやって隙あらばサボるつもりだろうが！　強制連行だ！」

「――ちょっ、痛たたたた！」

キリルエルが強引《ごういん》にセーレリプタの首根っこを捕《つか》まえると、二柱はそのままどこかへと姿を消した。

「いつもの事だけど、騒がしい奴だべ」

「気分屋で怠《なま》け癖《ぐせ》のあるセーレリプタには良い薬ですよ。私達も行きましょう。それではまた後で」

そんな二柱を追うようにウィリエリスとグリンプが姿を消すと、今度はフェルノベリアが席を立った。

「おや、フェルノベリアも行くのかのぅ？」

「私は竜馬への報酬《ほうしゅう》を用意する。既《すで》に依頼は達成したと考えていいだろうからな」

「ああ、それがあったか。確かに竜馬君の性格から考えると、樹海を出たら最寄《もよ》りの街の教会で報告に来るじゃろうからな」

「そういうことなら俺も手伝うぜ。中身はともかく、外側の装飾《そうしょく》なら俺がやった方がいいだろ」

「ふむ、確かに装飾は私の専門外だ。頼めるか？」

「おし！　決まりだ！」

テクンが何杯《なんばい》目かの盃《さかずき》を飲み干すと、二柱揃《そろ》ってまたどこかへと消えていく。

「皆、行ってしもうたな。我々も仕事に戻るかの？」

「竜馬君の状況《じょうきょう》確認も一応は仕事なんだけど……」

「気づいたら皆が集まって休憩時間みたいになっちゃったから、残っているのもなんだか皆に悪い気がするわね」

「騒がしかった」

ガイン、クフォ、ルルティアの三柱が、聞こえた声のもとに目を向ける。そこには眠《ねむ》たげな眼で紅茶を飲む幼い女神《めがみ》の姿があった。

「メルトリーゼもいたんだ」

「その反応は失礼」

「だってメルトリーゼって普段《ふだん》は寝てていないし、いても全然話さないし、気配もないじゃん」

「それは最近のこと」

「そういえば、昔はメルトリーゼも起きている時間が今より長かったわね」

そう言われたことを切っ掛《か》けに、メルトリーゼはぽつりぽつりと、過去を思い出すように語り始める。

昔は今よりも、神々と人間の距離《きょり》が近かったこと。

神々は人に様々なことを教え、人も神々に助言を求めたこと。

神々は全体を見て世界を管理し、人の生存圏《けん》は助言を受けた人々が管理していたこと。

上下ではなく共存や共生に近い関係が、かつての神々と人のあり方だったこと。

「今のあり方が間違っているとは思わない。人間は私達の助言がなければ生きられない存在ではないから。子供を自分の足で立たせるには、親がいつまでも支え続けていてはいけない。

でも、人類への干渉《かんしょう》を控《ひか》えることに決めてからは、助言の為《ため》の時間は必要なくなった。助言のために悩む時間も減って……相対的に仕事が減って暇《ひま》になったから寝ていただけ」

メルトリーゼの話は、最後の最後で急激にスケールが小さくなる。本神は至極《しごく》真面目に話をしているのだが、それが雰囲気と内容のズレを生み、ガイン達に微《かす》かな笑いを誘《さそ》う。

「そうじゃったのぅ。昔は今の我々と竜馬君のようなやり取りが日常じゃった」

「世界全体が今よりもっと不安定だったから、問題も多かったよね」

「私達もよく集まって話し合っていたわ。言われてみれば、今の状況は昔に戻ってみたいね」

「そう、だから私は目覚めて驚《おどろ》いた」

彼らの間に、昔を懐《なつ》かしむ温かい雰囲気が流れる。

「そう考えると、今の関係も悪くないかもしれんのぅ」

「流石《さすが》に全てを昔に戻すわけには行かないけど、竜馬君との協力関係くらいは別にいいかもね」

「無茶をしないかについては、本人によく言い含めた上で、彼の周りの人と僕らが目を光らせておけば、ある程度はどうにかなるだろうしね」

「その件は、また皆で話し合えばいい。時間はまだ十分にある」

4対の瞳《ひとみ》で魔獣と交渉《こうしょう》を続ける竜馬を見守りながら、神々はより良い未来に続くことを信じて微笑《ほほえ》んでいた。

あとがき

こんにちは、〝神達に拾われた男〟作者のＲｏｙです！

読者の皆様、「神達に拾われた男　15」のご購入ありがとうございました！

今回でとうとう15巻目。そして今年の1月で、〝小説家になろう〟様のサイトでの初投稿から10年が経過しました！

作中では序盤から目標として挙げていた〝祖父母の遺品回収〟を達成。色々な意味で節目を迎えた一冊だと感じております。

また、私自身もこの10年の間に、まずは初投稿。続いて書籍化のお話をいただけた時、実際に1巻が形になった時など、沢山の節目を迎えていました。

節目にいるその時はその時は気づいていなくても、思い返してみると〝あの時の出来事や判断は、今思えば大きかったな……〟と気づくことが多々あります。

たとえば私自身の生活も、少しずつですが執筆活動が中心に変化していきました。変化の内容もまた様々ですが、視覚的に分かりやすいのは執筆環境。書籍化前は、学業にも使っていた小さな折り畳み椅子とノートＰＣのみ。しかし、今では作業用のＰＣ、机や椅子も適したものを少しずつ買いそろえ、作業環境を整備しました。

さらに変化は精神面にも。個人的にはこちらの方が大きく感じます。

最初は作家活動に対する不安も多くありました……と、過去形で書いていますが、正直に言えば今も不安はありますし、おそらくすべての不安が完全に払拭されることは今後もないと思います。

ですが、今は昔と違い不安なだけではありません。この10年間執筆活動を継続できたことで、ささやかですが自信も生まれました。さらに、今後はもっと積極的に活動していきたいと、より前向きな気持ちも湧いてきています。

私が自信をもってそう考えられるようになったのは、10年間の執筆活動の継続、ひいては私の作品を世に出してくださる関係者の方々と、読者の皆様が私を支えてくださったおかげ。

作中のリョウマがこれまで多くの人々と出会い、色々な場所へ赴く中で何かを感じ、少しずつ変化してきたように。私も執筆活動を通して、少しでも成長できたのではないか……と感じております。

重ね重ねになりますが、本当にありがとうございました。

これからも皆様には末永く、リョウマの旅と出会いを見守って、楽しんでいただけたら幸いです。

HJ NOVELS
HJN27-15

神達に拾われた男 15

2024年5月19日　初版発行

著者——Roy

発行者—松下大介
発行所—株式会社ホビージャパン
〒151-0053
東京都渋谷区代々木2-15-8
電話　03(5304)7604（編集）
03(5304)9112（営業）

印刷所——大日本印刷株式会社

装丁——coil／株式会社エストール

Printed in Japan

ISBN978-4-7986-3539-2　C0076